Jens Kort

Der Tod im Messwein

Oder

Warum starb Pfarrer Franzen?

Ein Kriminalfall vom Niederrhein

www.koenigsteins-text-bazar.de

Impressum
Texte: © 2024 Copyright by Jens Kort
Umschlag: © 2024 Copyright by Jens Kort
ISBN: 9798876245564
Verantwortlich für den Inhalt:
Jens Kort
Schmiedeweg 21
51503 Rösrath
JensKort@web.de
koenigsteins-text-bazar.de
Intriga Verlag

Druck: kdp.amazon.direct publishing

Die Handlung

In dem niederrheinischen Ort Niersbrück wird der Pfarrer der Gemeinde St. Blasius, Johannes Franzen, im Frühjahr 1965 tot in seinem Studierstübchen aufgefunden. Dem Rest des Messweins, den er sich am Vorabend zu Gemüte geführt hatte, war eine tödliche Dosis Gift zugefügt worden. Gelegenheit dazu hätten nur wenige Personen im Umfeld des Pfarrers gehabt. Die Kommissare Ole Haupt und Hans-Peter Joeres rätseln über das mögliche Motiv. Wer trachtet schon einem geweihten Diener der Kirche, einem Priester der Una Sancta Catholica nach dem Leben? Und warum? Befragungen verlaufen weitgehend ergebnislos. Die Ermittlungen fördern aber diverse Merkwürdigkeiten zutage: Einige Angewohnheiten des Pfarrers entsprechen nicht unbedingt den landläufigen Vorstellungen von einem gottgefälligen Priesterdasein. Zudem scheinen die Honoratioren des Ortes und die Würdenträger der Kirche weniger an einer Aufklärung der Tat interessiert zu sein als daran, den vermeintlichen Schaden für den Ruf der Gemeinde und der katholischen Kirche zu begrenzen. Neben der kriminalistischen Handlung lenkt die Geschichte immer wieder einen satirischen Blick auf die dörfliche Atmosphäre der 60er Jahre.

Hinweise in eigener Sache

Personen und Handlung der Geschichte sind frei erfunden. Ähnlichkeiten mit lebenden oder verstorbenen Personen oder wirklichen Begebenheiten sind rein zufällig und nicht beabsichtigt.
Bei der schriftlichen Wiedergabe des regionalen, sprachlichen Idioms habe ich mich auf mein eigenes Empfinden verlassen und mich nicht nach den Regeln der Rheinischen Dokumenta[1] gerichtet. Ich bin mir der Unzulänglichkeit meines Vorgehens vollkommen bewusst. Herbert Ackermann und alle weiteren Experten für die niederrheinischen Dialekte mögen mir vergeben. Im Übrigen sprechen die Personen dieser Geschichte eine Sprache, die in den 60er Jahren nach meiner Erinnerung im Alltag üblich war. Das dient ihrer Charakterisierung und der der Zeitumstände.

[1] Rheinische Dokumenta: Verschriftlichungssystem für rheinische Mundarten

Der Autor

Jens Kort wurde 1952 in der niederrheinischen Gemeinde Grefrath geboren, in der er ab Mitte der 50er Jahre seine gesamte Schulzeit verbrachte. Nach dem Studium in Heidelberg war er bis 1991 in der Politik-Redaktion einer regionalen Tageszeitung tätig. Es folgten Zwischenstationen bei einem Arbeitgeberverband und im Institut der deutschen Wirtschaft. Dann wechselte er 1993 ins Gesundheitswesen und war zuletzt bis 2022 Geschäftsführer der Deutschen Kinderkrebsstiftung sowie der SyltKlinik gGmbH. Jens Kort lebt in Rösrath bei Köln. 1993 wurde er mit einem „Husten-Limerick-Preis" der Kölner Philharmonie ausgezeichnet.

Danksagungen

Bedanken möchte ich mich bei meinem ehemaligen Kollegen Klaus Riddering für seine theologische Expertise, bei meinem Freund Ulrich Baum für seine fachkundigen Hinweise zur Arbeitsweise der Jugendämter und bei meinem Schwiegervater Uwe Kopf für seine Dönekens aus dem Leben eines Ersten Kriminalhauptkommissars.

Die handelnden Personen

Ole Haupt - EKHK, Kripo Kappesbosch
Hans-Peter Joeres – KOK, Mitarbeiter von Ole Haupt
Hans Harnischfeger – Chef der Kripo Kappesbosch
Matthias (Mattes) Schlag – POM, Polizei Niersbrück
Rosemarie (Rosi) Schlag – Mattes‘ Frau
Willi Wiesebach – PHM, Revierleiter Niersbrück
Johannes Franzen – Pfarrer der Gemeinde St. Blasius
Elvira Renken – Schwester des Pfarrers
Schwester Agnes – Pfarrhaushälterin St. Blasius
Benedikt Backes – Kaplan der Gemeinde St. Blasius
Aurelius Zahm – Küster in der Gemeinde St. Blasius
Katharina Zahm – Leiterin des Kinderchors
Dr. Gottfried Maaßen – Praktischer Arzt in Niersbrück
Gertrud Wackers – Metzgersgattin
Rudi Wackers – Gertruds Mann
Bertha May – gebildete Kundin der Metzgerei
Mia Dohmen – Kundin der Metzgerei Wackers
Johannes Kesselschmied – Aachener Bischof
Dr. Bernhard van den Bosch – Gemeindedirektor
Hannes Brüggemann – Messdiener
Erika und Lothar Brüggemann – Eltern von Hannes
Erich Winkler – Messdiener
Susanne Winkler – Erichs Mutter
Georg (Schorsch) - Betreiber des Lokals „Burgbräu“
Kati – Schorschs Frau
Josef (Jupp) Münter – Leiter der KTU Kappesbosch
Petra Bronnen – Abteilungssekretärin bei der Kripo

Claudia Wachter – Mitarbeiterin der Gemeinde
Luise (Wisa) Strahlen – Besucherin im Café Dourlac
Bertha Stinnes – Besucherin im Café Dourlac
Claudia Boentges – Schülerin und Kirchgängerin
Pia Wickenfeld – Frühreifes Luder
Hedwig und Horst Boentges – Claudias Eltern
Gabi Nöthen – Claudias vertraute Freundin
Driessens-Pitter – Stammgast bei Schindels-Jupp
Töpfers-Tünn – Stammgast bei Schindels-Jupp
Essers-Franz – Stammgast bei Schindels-Jupp
Essers-Trien – Seine Frau
Drenkmanns-Hein – Stammgast bei Schindels-Jupp
Anselm Nothelfer – Provinzprokurator
Manfred Strauch – Gut unterrichteter Lokalreporter
Herbert Tenbrok – Kirchenvorstandes St. Blasius
Charlotte Ossbauer – Inhaberin der Merlin-Apotheke
Élise-Sophie Latête du Bois – Firmenerbin
Wilhelm-August Latête du Bois – Erblasser in spe
Anneliese Gladiola – Sozialfürsorgerin

Statt eines Vorwortes

Deandln, hat da Pfarra gsagt,
Gehts her und laßts euch liabn,
Au wann's noch koane Duttln habts,
Ihr werdet sie scho kriagn.

Georg Queri, bayerischer Schriftsteller, 1879 - 1919

I.

Die Anzeigen im „Niederrheinischen Anzeiger“ und im „Grenzland-Boten“ waren ganzseitig. Da hatte man sich nicht lumpen lassen. In seinem unergründlichen Ratschluss, hieß es dort, habe es Gott, dem Herrn, gefallen, seinen treuen Diener Johannes Franzen, Pastor der Gemeinde St. Blasius[2] , im Alter von 56 Jahren zu sich in sein ewiges Reich zu rufen. Doch bereits zu diesem Zeitpunkt tuschelte man in dem niederrheinischen Ort Niersbrück hinter vorgehaltener Hand, dass irgendjemand dem unergründlichen Ratschluss des Herrn nachgeholfen haben könnte. Dr. Maaßen, der die Leichenschau vorgenommen hatte, so erzählte man sich, solle den Verdacht geäußert haben, dass der vorzeitige Heimgang von Hochwürden böswillig herbeigeführt worden sein könnte. Das jedenfalls hatte Schlag-Mattes, der Dorfpolizist, natürlich unter dem Siegel der Verschwiegenheit am Stammtisch beim Schindels – Jupp angedeutet, auch wenn er sich selbstverständlich von wegen Dienstgeheimnis mit Details zurückhalten musste. Aber von Gift war die Rede gewesen, das dem Pfarrer verabreicht worden sei. Kurzum, man hielt es nicht für

[2] St. Blasius: Einer der 14 Nothelfer, er wird gegen Halsbeschwerden, Blasenleiden, Blutungen, Zahnschmerzen, Geschwüre und Pest angerufen und um eine gute Beichte. Er ist Schutzpatron der Ärzte, Kämmler, Blasmusikanten, Bauleute, Maurer, Gipser, Gerber, Schuhmacher, Schneider, Strumpfwirker, Wachszieher, Weber, Wollhändler und der wilden Tiere.

ausgeschlossen, dass der Aachener Bischof Kesselschmied und der Kirchenvorstand der Gemeinde St. Blasius es in ihrer Anzeige mit der Wahrheit nicht ganz so genau genommen hatten, sicher auch in der nachvollziehbaren Absicht, keine Unruhe in die Gemeinde zu tragen, denn wer sollte für möglich halten, dass - wer auch immer - einem geweihten Diener des Herrn und der Una Sancta Catholica nach dem Leben trachtete?

Schwester Agnes, die Haushälterin im Pfarrhaus, hatte den Toten gefunden. Am Montagmorgen, als er nicht zum Frühstück erschienen war, hatte sie mit geziemender Diskretion seine Privaträume im ersten Stock des Hauses in der Hellenhofstraße betreten, nachdem auf ihr Klopfen und Rufen keine Antwort kam. Er lag auf dem Boden seiner Studierstube zwischen dem dunklen Eichenschreibtisch und seinem Lesesessel, in bizzarer und verkrampfter Haltung. „Hochwürden", hatte sie gesagt, „was ist passiert?" Aber Hochwürden antwortete nicht. Instinktiv, aber mit natürlicher Scheu hatte sie nach dem Handgelenk des geistlichen Herren getastet.

Ein Pulsschlag ließ sich nicht feststellen. Kalt und steif lag er da. Was tun? Den Arzt anrufen! Das tat sie auch. Den Hausarzt, Dr. Maaßen. Dann sah sie sich im Zimmer um. Auf dem Tischchen neben dem Lesesessel standen unter der brennenden Lampe eine offene Flasche Wein und ein Glas, in dem sich auch noch ein Rest Wein befand, aber nur ein Rötzchen, wie man so sagte. Auf dem Boden neben dem Sessel lag eine Zeitschrift, die sie aufhob. Sie erbleichte – soweit dies nach dem eben Erlebten überhaupt noch möglich war. Unbekleidete junge Mädchen in lasziven Positionen zeigten sich von vorne und hinten, von oben bis unten. „Ja, isset denn die Möchlichkeit“, sagte sie zu sich. Man müsse die Werke des Teufels studieren, hatte Hochwürden stets betont, um ihm das Handwerk legen zu können, einer Aufgabe, der er sich mit ganzer Hingabe gewidmet hatte. Legendär waren seine Tiraden gegen den Betrieb des „Sündenkarussells“ bei der Kirmes, gegen „unzüchtige“ Filme, die in den Kinos schräg gegenüber dem Pfarrhaus oder nicht weit davon in der Hauptstraße gezeigt wurden. Und jetzt so ein Schweinkram! So hatte sie sich das Studium der Werke des Satans nicht vorgestellt.

Angewidert versenkte sie das Heft in einer der Schubladen, damit es erst einmal aus dem Weg wäre, wenn Dr. Maaßen hier auftauchen würde. Auch erschien es ihr sinnvoll, Glas und Flasche verschwinden zu lassen. Was sollten die Leute denken, wenn ruchbar würde, dass ihr Pfarrer einem herzhaften Trunk wie übrigens auch der üppigen Speise sehr zugeneigt war. Schnell trug sie die verräterischen Beweisstücke in die Küche, als sich Dr. Maaßen auch schon an der Pforte bemerkbar machte. „Kommen Sie, Herr Doktor, kommen Sie“, dirigierte sie ihn hektisch die Treppe hinauf, ohne auf seine Frage „Was ist denn passiert, Schwester?“ zu antworten.

Das war nun auch nicht mehr nötig. Eine nur kurze, oberflächliche Untersuchung ließ keinen Zweifel offen: Die Leichenstarre war vollständig ausgeprägt.
„Schwester Agnes“, sagte Dr. Maaßen, „Pfarrer Franzen ist tot. Er muss, so wie es aussieht, gestern Abend schon gestorben sein. Haben Sie ihn da noch gesehen? Hat er was gesagt? Ging es ihm schlecht?“
„Nein, nein“, wehrte die Haushälterin ab, „ich hab′ ihm noch sein Abendessen jemacht, et jab jebratene Jänseleber und Jurkensalat, das mochte er so jern, und dann bin ich auf mein Zimmer jejangen und er wollte noch etwas lesen und ist dann hochjejangen.“
„Kann es sein, dass noch jemand bei ihm gewesen ist?“, fragte Maaßen.
„Eijentlich nicht“, meinte Agnes nach kurzem Überlegen, „ich hätte ja das Klingeln jehört. Die Tür war ja abjesperrt. Und am Sonntachabend, da kommt doch keiner.“
„Könnte jemand anders außer Ihnen ihm etwas ins Essen gemischt haben?“
„Ich muss doch sehr bitten!“, empörte sich Schwester Agnes. „Über mein Essen jab et noch nie Beschwerden! Und in meiner Küche hat niemand Zutritt außer mir.“
„Ist ja gut, Schwester, ist ja gut!“, versuchte Maaßen die aufgebrachte Agnes zu beruhigen. „Es ist nur so: Der Tote weist Anzeichen einer Vergiftung auf. Die blauen Bläschen auf seinen Lippen. Das sieht mir ziemlich eindeutig aus! Der Pastor scheint mir

vergiftet worden zu sein."
„Ja, aber wer soll denn sowat machen? Den Pfarrer verjiften? Einen frommen Diener Jottes? Und warum? Er war doch so ein herzensjuter Mensch. Voller Jüte! Wat sollen denn die Leute denken? In unserer Jemeinde? Ein Mord in meinem Pfarrhaus." Schwester Agnes schoss das Wasser in die Augen.
„Trotzdem muss ich jetzt die Polizei zu informieren", insistierte Dr. Maaßen. „Die sollen das Weitere veranlassen. Gerichtsmedizin, Todesursachenermittlung und so weiter. Ich kann jedenfalls so keinen Totenschein ausstellen. Ich darf doch sicher hier das Telefon benutzen?" Er deutete auf den Apparat auf dem Schreibtisch.
„Ja, sicher, machen Sie nur, wenn dat sein muss", gab sich Schwester Agnes geschlagen.
Maaßen wählte die Nummer des örtlichen Polizeireviers. „Polizeirevier Niersbrück, Polizeiobermeister Schlaach am Apparat", hörte er.
„Herr Schlag, guten Morgen! Hier spricht Dr. Maaßen! Sie müssten bitte mal einen Beamten vorbeischicken oder selbst vorbeikommen. Ich bin hier im Pfarrhaus. Pfarrer Franzen ist heute Nacht gestorben und ich habe den Verdacht bzw. will nicht ausschließen, dass ein Tötungsdelikt vorliegt", sagte der Arzt.
„Wie? Dat jeävet doch jar nit!", sagte Schlag. „Dä Pfarrer ömbrenge? Wer sull denn sujett maache?"
„Das, lieber Herr Schlag, sollen Sie und Ihre Kollegen ja rausfinden", antwortete Maaßen süffisant.

„Wie sulle weei dat denn maache? Sujett is doch Sache der Kripo“, jammerte Schlag.
„Das können Sie ja später mit Ihrem Chef besprechen“, schlug Maaßen vor. „Oder ist der vor Ort? Ist er nicht. Gut. Dann kommen Sie erst einmal vorbei oder schicken einen Kollegen und sichern den Tatort.“
„Ja juut“, gab Schlag kleinlaut bei, „dann komm isch mal schnell rüvver, et is ja nit wiet!“
Den Weg vom Polizeirevier in der Heidestraße über den Markt vorbei am Postamt zum Pfarrhaus hatte Schlag mit dem Dienstmoped in wenigen Minuten zurückgelegt.
„Und Sie sind sischer, dat dä Pfarrer ermordet wurde?“, fragte er ungläubig, als er vor dem Toten stand und sich im Zimmer umsah.
„Sicher ist gar nichts“, meinte Maaßen unwillig, „aber es liegen Anzeichen dafür vor, dass er keines natürlichen Todes gestorben ist. Sehen Sie hier die blauen Bläschen an seinem Mund? Und die bläuliche Verfärbung seiner Haut? Die lassen vermuten, dass er Gift zu sich genommen haben könnte, wer immer es ihm verabreicht hat. Aber von einem Selbstmord ist ja wohl kaum auszugehen. Erstens wäre die Einnahme eines solchen Giftes zu diesem Zweck eher außergewöhnlich und zweitens wäre das ja eine Todsünde, die zu ewiger Verdammnis führen würde, also sehr unzweckmäßig für einen katholischen Priester, auf diese Art aus dem Leben zu scheiden. Also, sehen Sie zu, dass Sie den Tatort sichern, die Kripo und die

Spurensicherung herbeiordern und die Leiche zu den Kollegen in die Gerichtsmedizin kommt. Wenn Sie mich noch brauchen sollten, wissen Sie, wo Sie mich finden. Auf mich warten jetzt Patienten."

Ein wenig verblüfft sahen sich Schlag und Schwester Agnes an. Eine derartige Suada hatten sie von dem als eher zurückhaltend geltenden Arzt nicht erwartet.

„Juut, dann machen wir dat so", sagte Schlag. „Isch red dann mal mit dem Chef und dann sehen wir weiter. Erstmal herzlichen Dank für Ihre Mühe."

„Nichts zu danken. Ich bin dann mal weg", erwiderte Maaßen immer noch ein wenig verärgert. Schlagartig war ihm klargeworden, warum POM Schlag bei den Bewohnern des Ortes als etwas begriffsstutzig galt. Er gab zwar für gewöhnlich nichts auf solches Gerede, aber manchmal bestätigte sich dessen Wahrheitsgehalt eben doch.

II.

„Wie jeht et denn jetz wiier, Chef?“ Schlag machte ein ratloses Gesicht. „Wie sieht dat denn aus, wenn bei uns im Ort der Pfarrer ermordet wird?“

Polizeihauptmeister Willi Wiesebach strich sich nachdenklich über das Kinn. „Tja, isch weed et nit, dat is nit schön, ne tote Pfarrer, enne katholische Priester ermordet. Und irjendjemand muss dat ja jemacht haben! Dat jeäv Jerede!“

„Dat jeäv Jerede, dat jlöwse doch wal“, bestätigte ihn Schlag. „Können weei nit einfach ennen angere Arzt froare, avv dä ennen Totenschein uusstellen kann, den Dr. Brökskes zum Beispiel. Dä is doch jenau jejenüver vum Pfarrhaus! Weei wischen dem Franzen die blauen Bläskes vun dr Schnüss, dann merkt dä Brökskes doch nix un zack is dä Fall erledicht!“

Wiesebach verschlug es die Sprache. „Säk ens, Mattes, hässe se noch all?“, fragte er. „Wie stellze disch dat für? Do jlövs doch nit, dat dä Dr. Maaßen Roh jeäv? Dä will doch wesse, wat us dem Fall jeworde is. Un dann sul isch dem saare, dä Brökskes hat dä Totenschein ussjestellt on fädisch. Dä woer do nit so pingelisch wie Sie. Öwwerläj ens, watt dann los is! Isch bin doch nit komplett jeck jeworde! Wenn dat russkömp, wat jlöwse, wat dann loss is? Vertuschung einer Straftat! Eines Kapitalverbrechens! Strafvereitelung im Amt! Dat kann ons den Job koste un de Pängsion. Weei informieren jetz die Kollejen in Kappesbosch,

dann sullen die sich kömmere."
„Do bis dä Chef, do moss et weete", entgegnete Schlag nur schicksalsergeben.
„Do sähse jet, jenau, isch bin dä Chef un drum maache weei dat su", beendete Wiesebach die Diskussion par ordre du mufti[3] .
Die Kollegen in Kappesbosch waren schnell im Bilde.
„Wir werden gleich rüberkommen und die Kollegen von der Spurensicherung mobilisieren", versprach der Leiter des II. Kommissariats Ole Haupt, seines Zeichens 1. Kriminalhauptkommissar. „Wir werden etwa eine halbe Stunde brauchen. Bis dahin rührt keiner was an, aber das wisst ihr ja ohnehin", fügte er hinzu.
Gegen 9.30 Uhr trafen die Spezialisten aus der rund acht Kilometer entfernt gelegenen Kreisstadt ein. Haupt selber hatte die Leitung des Teams übernommen, denn einen Toten im Pfarrhaus, das hatte er in seiner Karriere im Dezernat Tötungsdelikte noch nie erlebt.
Schwester Agnes hatte die Kriminalisten in Empfang genommen und zum Studierzimmer des Pfarrers geführt.
„Wir schauen uns hier jetzt genau um und hätten nachher vielleicht noch ein paar Fragen an Sie, Schwester", sagte Haupt. „Sie können jetzt erst einmal Ihrer Arbeit nachgehen. Wir melden uns, wenn wir so weit sind."
„Wie soll man denn nach so etwas einfach

[3] Mit einem Machtwort, auf Anordnung von oben (spöttisch)

weiterarbeiten?“, räsonierte sie. „Aber jut, dann jeh ich mal runter. Wer tut denn sowat? Wer versündischt sich denn derart?“
„Das wollen wir ja herausfinden“, versuchte Haupt die Haushälterin zu beruhigen.
Routiniert nahmen die Spezialisten aus der Kreisstadt die Leiche und ihren Fundort in Augenschein. Auch Haupt und seinem Kollegen Kriminaloberkommissar Hans-Peter Joeres waren die blauen Blasen auf Hochwürdens Lippen und die bläuliche Färbung seiner Haut sofort aufgefallen.
„Oh, das sieht mir doch sehr danach aus, als bekäme die Rechtsmedizin Arbeit auf den Tisch“, meinte Haupt an Joeres gewandt. „Sieh mal zu, dass wir den in die Gerichtsmedizin transportiert bekommen! Da drüben steht ein Telefon“, deutete er auf den Schreibtisch. „Aber wie ist das Zeug in den hineingekommen? Zufall oder Absicht? Wer hatte eine Gelegenheit? Wer, zum Teufel, bringt schon einen katholischen Pfarrer um? Und warum?“
„Die Leiche wird demnächst abgeholt und geht nach Düsseldorf in die Gerichtsmedizin“, sagte Joeres, der sein Telefonat beendet hatte.
„Dann sollten wir hier noch schnell ein paar Fotos machen und dann mal sehen, ob es irgendwelche sonstigen verwertbaren Hinweise gibt“, sagte Haupt. „Den Rest können die Kollegen von der SpuSi erledigen. Fang Du mit dem Schrank an, ich schau mal, was sich im Schreibtisch so findet.“

Im Schreibtisch fand sich nichts, was in Zusammenhang mit einem Giftmord am Pfarrer hätte gebracht werden können. Dafür aber wurde Joeres im Schrank fündig. „Ich werd‘ verrückt“, sagte er und deutete auf die geöffneten Abteile des Unterschranks. „Sieh Dir das hier mal an!“ Er drückte Haupt eines der Magazine in die Hand, die dort in großer Zahl abgelegt waren.

„Das ist ja wohl unglaublich“, sagte der, nachdem er das Heft kurz per Daumenkino durchgesehen hatte. „Pornografie, und Kinderpornografie, und davon ja wohl eine erlesene Sammlung. Da konnte Hochwürden wohl offensichtlich den Versuchungen nicht widerstehen. Aber mal im Ernst: Ist es möglich, dass hier ein Zusammenhang zu seinem unfreiwilligen Abgang besteht? Ich meine, es spricht nicht gerade für seine moralische Integrität, für seine Eignung als Geistlicher, der ein gottgefälliges Leben predigt. Aber man bringt doch niemanden um, weil er sich so ein Zeug ansieht. Einmal abgesehen davon: Wer wusste von dieser seiner Vorliebe?“

„Er wird es nicht jedem erzählt haben und seine Sammlung auch nicht jedem gezeigt haben, aber ich werde den Verdacht nicht los, dass es jemanden gibt, dem seine Leidenschaft möglicherweise nicht verborgen geblieben sein könnte“, gab Joeres zu bedenken.

„Du meinst die Haushälterin?“, sagte Haupt. „Ich denke, die muss uns ohnehin gleich mal einige Fragen beantworten.“

Sie fanden die Haushälterin in der Küche. Auf den Schreck hin hatte sie sich erst einmal einen Kaffee aufgegossen. „Nehmen Sie doch Platz“, sagte sie und wies auf die Stühle am Küchentisch. „Möchten Sie auch einen Kaffee oder kann ich etwas Anderes anbieten?“ Einen Kaffee, der schon so verlockend roch, wollten Haupt und Joeres nicht ablehnen. Umgehend stand er vor ihnen. Zucker und Milch lehnten beide dankend ab.

„Schwester“, begann Haupt, „Sie werden verstehen, dass wir Ihnen einige Fragen stellen müssen zu dem Tod von Pfarrer Franzen. Sie waren ja vermutlich die letzte, die ihn lebend gesehen hat, oder hatte er gestern Abend noch

Besuch?“

„Das jlaube ich nicht. Das hätte ich doch mitbekommen.“ Schwester Agnes schüttelte den Kopf. „Ich hätte doch das Klingeln jehört. Normalerweise, wenn er jemanden erwartet hat, hat er zu mir jesagt: ‚Schwester, da kommt jleich der und der, bringen sie den oder die doch bitte in mein Büro.‘ Aber dass er selber irjendjemandem die Tür aufjemacht hätte in der Zeit, in der ich hier bin, daran kann ich mich nicht erinnern.“

„Sie haben ihn gefunden“, fuhr Haupt fort, „können Sie uns sagen, wann das war?“

„Kurz nach 8 Uhr. Er pflechte nach der Morjenandacht, die um 7 Uhr bejinnt und unjefähr bis Viertel vor Acht dauert, zu frühstücken. Von der Kirche heei rüvver is ja enne Katzensprung. Und als er nicht zum Frühstück kam, was ja sehr unjewöhnlich war, bin ich hoch in seine Privaträume, die ich sonst ja nur zum Putzen betrete."

„Und was haben Sie dann gemacht?", fragte Joeres weiter.

„Ich habe jerufen und als keine Antwort kam, bin ich als erstes in sein Studierzimmer, natürlich nachdem ich jeklopft hatte, und da lag er dann ja auch schon. Ich hab mich natürlich mordsmäßich erschreckt und bekreuzigt und wusste nicht, was ich tun sollte. Dann hab ich ihn anjesprochen, aber da war er ja schon tot", berichtete sie schreckensbleich. „Ich hab seinen Puls jefühlt und da war ja nix mehr", fügte sie erläuternd hinzu. „Da war klar, dä is dued!"

„Und dann haben Sie den Arzt gerufen?", fragte Haupt.

„Dann hab ich den Arzt jerufen, Dr. Maaßen, das war ja der Hausarzt sozusaaren von Hochwürden!"

„Wieso sozusagen?" fragte Joeres erstaunt.

„Naja, häufich fuhr er auch zu den Benediktinern, um sich von Pater Pantaleon untersuchen zu lassen, weil der ja den janzen Orden betreut, medizinisch mein ich. Nebenbei: Soll ich Ihnen noch mal nachschenken? Ich kann auch noch mal neuen Kaffee kochen. Mein Kaffee schmeckt Ihnen doch, oder?"

Die Kriminalisten bestätigten, dass die Qualität des Kaffees, der im Pfarrhaus von St. Blasius zubereitet wurde, sie vollkommen überzeugt hätte. „Was hat Dr.

Maaßen gemacht, als er dann im Haus war?", kam Haupt auf ihr Thema zurück.
„Ja, er hat den Pfarrer untersucht und festjestellt, dass er tot ist und jesaacht, ich solle die Polizei rufen, weil da Jift im Spiel sein könnte, aber dat kann er Ihnen ja viel besser selber erzählen."
„Haben Sie eine Idee, wie dem Pfarrer das Gift verabreicht worden sein könnte, von dem Dr. Maaßen gesprochen hat, falls sich das bei der gerichtsmedizinischen Untersuchung bestätigen sollte", fügte Haupt erläuternd hinzu. „Hatte irgendwer freien Zugang zum Pfarrhaus außer Ihnen und dem Pfarrer?"
„Nein", schluchzte jetzt die Schwester, „wer sollte denn diesem Mann, diesem jütijen, frommen Mann, der immer für seine Jemeinde da war, etwas derart Böses antun? Isch bejreif es nich!"
„Ja, aber irgendwer hat es getan, und er muss, wenn es denn wahr ist, eine Gelegenheit dazu gehabt haben. Und Sie sagen selber: Zutritt hatten im Prinzip nur Sie und der Pfarrer!"
Entsetzen war im Gesicht der Haushälterin ablesbar. „Verdächtijen Sie jetzt etwa mich? Ich muss doch sehr bitten!", empörte sie sich.
„Nein, das tun wir nicht", versuchte Haupt die aufgebrachte Agnes zu beschwichtigen. „Sie müssen nur verstehen, dass wir uns fragen, wie – immer vorausgesetzt Dr. Maaßen hat sich nicht geirrt – Ihrem Chef das Gift beigebracht worden sein könnte."
„Der Wein!" Schwester Agnes rutschte aufgeregt auf

ihrem Stuhl herum. „Natürlich der Wein?"
„Welcher Wein?" wollte Joeres irritiert wissen.
„Der Pfarrer hatte Wein jetrunken. Das tat er immer am Sonntachabend. Dann trank er den Rest vom Messwein aus dem Hochamt. Die offene Flasche könne man nicht bis zur nächsten Kommunion aufbewahren, dann würde sie schlecht, sachte er. Das Jlas und die Flasche standen noch da, auf dem Tischchen neben dem Lesesessel!"
„Dort stand weder ein Glas noch eine Flasche", sagte Haupt.
„Ja, die hab′ ich doch auch wechjeräumt", sagte Agnes unbekümmert.
„Sie haben was?" Haupt sah sie konsterniert an.
„Die hab' ich wechjeräumt", wiederholte Agnes. „Wie sieht das denn aus, wenn der Doktor kommt und da steht Wein und alles rum. Was soll der denn denken? Dass der Pastor ein Trinker ist? Und mein Pfarrhaushalt unaufjeräumt. Da hab' ich das Jlas und die Flasche wechjeräumt, damit ein bisschen Ordnung ist."
„Das kann ja wohl nicht wahr sein", stöhnte Haupt ungläubig. „Und wo sind Glas und Flasche jetzt?"
„Das Jlas hab' ich jespült und die Flasche ausjeleert und in den Müll jeworfen, weil, wer hätte das noch trinken sollen? Ich maach sowas ja nicht!"
„Na, da haben Sie ja möglicherweise Glück gehabt", murmelte Haupt sarkastisch. „Können wir die Flasche vielleicht wieder aus dem Müll holen?"
„Ja, die müsste noch da sein", meinte Agnes. „Wissen

Sie, bei uns kommt die Müllabfuhr ja immer nur donnerstachs und heute ist ja erst Montach. Ich kann Ihnen die Flasche jerne wieder aus der Tonne rausholen“, bot sie an.
„Danke, das machen wir selber“, erwiderte Haupt, eine Spur zu grob, wie er sich selbst sagte. „Zeigen Sie uns gleich, wo die Tonne steht, und dann erledigen wir das. Es könnten ja noch Spuren vorhanden sein.“
„Haben Sie sonst noch irgendetwas verändert? ‚Aufjeräumt‘, wie Sie das nennen?“, fügte er wieder mit sarkastischem Unterton hinzu.
Der Unmut der behördlichen Autoritäten über ihre gutgemeinte Handlungsweise hatte Schwester Agnes sichtlich beeindruckt. Kleinlaut sagte sie: „Da war noch eine Illustrierte, die der Herr Pfarrer jelesen hat. Die habe ich auch wechjeworfen.“
„War das zufällig so ein Magazin mit lauter nackten Mädchen, wie er sie haufenweise hier in seinem Schrank hat?“, fragte Joeres.
Schwester Agnes schoss die Röte ins Gesicht. „Ja“, sagte sie beschämt. „Dabei war er doch so ein frommer Mensch! Immer freundlich und jütich.“
„Ja, und doch den Versuchungen des Satans gegenüber nicht standhaft genug“, frozzelte Haupt. „Wussten Sie dass er eine umfangreiche Sammlung von diesem Zeug hier hortete?“
„Nein, natürlich nich!“ erwiderte Agnes empört. „Ich wäre nie auf die Idee jekommen, in seine Schränke zu schauen, und diesen Schrank hielt er ja auch stets

verschlossen."
„Ja", meinte Haupt nur, „dafür hatte er ja auch triftige Gründe."
Jemand betätigte die Klingel des Pfarrhauses.
Schwester Agnes, die die Tür geöffnet hatte, kehrte mit dem Kaplan der Gemeinde zurück. „Benedikt Backes", stellte er sich vor. „Ich bin der Kaplan der Gemeinde. Schwester Agnes hatte mich heute früh kurz informiert, aber da ich noch zu einem Sterbefall ins Krankenhaus musste, konnte ich nicht früher kommen. Das duldete keinen Aufschub, sonst wäre es zu spät gewesen. Das Ganze ist ja schrecklich. Wer tut so etwas! Einen katholischen Priester ermorden, einen Diener des Herrn?"
„Zunächst einmal untersuchen wir die Todesursache ja noch", erwiderte Haupt, der sich und seinen Kollegen Joeres kurz vorgestellt hatte. „Aber sie haben recht: Es spricht Einiges dafür, dass es sich um ein Tötungsdelikt handelt."
„Und was machen wir jetzt? Wie soll es weitergehen?" Nervös lief der Kaplan in der Küche auf und ab. „Wir haben nächste Woche eine große Trauung. Die Tochter der Familie Latête du Bois? Kennen Sie wahrscheinlich. Inhaber des Chemiewerks in Nonnenraubach. Die wollen doch nicht vom Kaplan getraut werden!"
Haupt schmunzelte: „Und ich dachte, vor Gott sind alle Menschen gleich", sagte er.
„Ja, vor Gott schon", meinte Backes leicht verzweifelt, „aber doch nicht in der Nomenklatur unserer Una

Sancta Catholica und vor allem in ihrer eigenen Selbstwahrnehmung. Da steht schon die Erwartung nach besonderer Behandlung im Raum. Da müsste dann schon der Bischof höchstselbst anrücken, mindestens aber der Weihbischof, um dem illustren Paar zum Sakrament der Ehe zu verhelfen."

Bei allem Verständnis für die Nöte des Kaplans lag Haupt daran, zunächst die Vernehmung der Haushälterin fortzusetzen. „Herr Backes," sagte er freundlich, „Wir haben noch ein paar Kleinigkeiten mit Schwester Agnes zu klären. Könnten wir später mit Ihnen sprechen?"

„Selbstverständlich gerne", erwiderte Backes, „aber darf ich fragen, was ich zur Aufklärung der Angelegenheit beitragen kann?"

„Dürfen Sie", antwortete Haupt. „Sehen Sie, wir haben bislang keinerlei Hinweise auf ein Motiv für eine solche Tat. Deswegen werden wir versuchen mit allen zu sprechen, die mit Pfarrer Franzen zu tun hatten, um in seinem Umfeld vielleicht irgendeinen Hinweis zu bekommen, in welche Richtung wir erfolgversprechend weiterermitteln können. Zurzeit tappen wir, wenn Sie so wollen, völlig im Dunkeln. Wie Sie richtig sagten: Wer macht so etwas und warum? Das müssen wir ja klären."

„Können wir das Gespräch dann bitte später bei mir fortsetzen?" fragte Backes. „Dann könnte ich die Zwischenzeit nutzen, um noch etwas Arbeit zu erledigen. Mein Dienstsitz ist nicht weit entfernt, einige hundert Meter in der Höhendorfer Straße, leicht zu finden, gegenüber der ESSO-Tankstelle."

„Das lässt sich einrichten", erwiderte Haupt. „Wir kommen dann in etwa einer halben Stunde bis Stunde zu Ihnen."

Mit dem Worten „Dann sehen wir uns später" verabschiedete sich Backes fürs Erste.

Haupt wandte sich wieder der Haushälterin zu. „Schwester Agnes, wir benötigen Fingerabdrücke von Ihnen. Erschrecken Sie jetzt nicht! Das heißt nicht, dass wir Sie verdächtigen, aber die Kollegen von der Spurensicherung werden vermutlich eine Vielzahl von Fingerabdrücken im Zimmer des Toten finden, und da-mit wir die zuordnen können, brauchen wir zum Vergleich Ihre Abdrücke. Oder, um ein Beispiel zu nennen: Sie haben die Weinflasche in die Hand genommen. Dort könnten ja neben Ihren Abdrücken und denen des Herrn Pfarrers auch noch Abdrücke Dritter, vielleicht sogar des Täters vorhanden sein. Sie würden uns also sehr damit helfen. Ich hoffe, Sie sind dazu bereit?"

Trotz eines flauen Gefühls im Magen stimmte die Haushälterin der Prozedur zu. „Und wenn sich jetzt auf der Flasche keine weiteren Abdrücke finden...", fragte sie ängstlich.

„Dann könnte das auch daran liegen, dass der Täter oder die Täterin die Spuren verwischt hat oder Handschuhe getragen hat, als er oder sie die Flasche in die Hand genommen hat, oder dass die Flasche überhaupt nichts mit dem Tod des Pfarrers zu tun gehabt hat. Wir wissen ja bislang nicht wirklich, ob ihm Gift appliziert wurde und wenn ja, ob der Wein etwas damit zu tun gehabt hat."

Besonders überzeugt schien die Haushälterin nach den Darlegungen des Kommissars nicht, sah aber ein, dass wohl kein Weg um die Abnahme ihrer Fingerabrücke herumführen würde.

„Wären Sie jetzt so nett, uns die Mülltonne zu zeigen, in der sich die Flasche und das Magazin befinden?", forderte Haupt die Haushälterin auf.

„Kommen Sie", sagte sie, „die Tonne steht hinter der Jarage. „Wir können die Tür zum Jarten nehmen."

Sie stand auf und führte die Kriminalisten durch den Flur zu einer Tür, die in den weitläufigen Pfarrgarten führte. Vorsichtig angelte Joeres, der sich Schutzhandschuhe übergestreift hatte, das Magazin und die Flasche aus dem Kübel und versenkte sie in einem Asservatenbeutel. „Kröver Nacktarsch[4] ", stellte er bei einem Blick auf das Etikett fest. „Na, der Wein hätte kaum besser zu seiner Abendlektüre passen können", fügte er grinsend hinzu.

Haupt schmunzelte und handelte sich prompt einen tadelnden Blick der Haushälterin ein, die für diese Art von Sarkasmus offensichtlich wenig Verständnis hatte, bei aller Missbilligung des sicherlich nicht eben gottgefälligen Verhaltens ihres verblichenen Chefs.

---

[4] Kröver Nacktarsch: Weinlage (320 ha) an der Mosel, Bereich Bernkastel

„Schwester", verabschiedete sich Haupt, „wir sind fürs Erste fertig. Die Kollegen von der Spurensicherung werden sicher noch ein wenig zu tun haben. Ich habe veranlasst, dass der Leichnam in die Pathologie abtransportiert wird. Die Herren werden sicherlich auch gleich hier auftauchen. Wenn Ihnen noch etwas einfallen sollte, was uns weiterhelfen könnte, rufen Sie uns an. Alles, auch Kleinigkeiten könnten wichtig sein. Ich habe Ihnen unsere Nummer hier aufgeschrieben. Erst einmal vielen Dank für Ihre Hilfe. Wir werden uns mit Sicherheit auch noch einmal bei Ihnen melden."

III.

Das geschäftige Treiben im Pfarrhaus war natürlich in der gegenüberliegenden Metzgerei Wackers, die für ihre ausgezeichnete Jagdwurst bekannt war, nicht unbemerkt geblieben. „Säk ens, Jertrud“, sagte Mia Dohmen aufgeregt, als sie den Laden betrat, „wat is denn da loss? Is jet mit onserem Pfarrer? Sunne Bedrev! On dann noch zwei Wagen mit Blaulicht boven dropp! Do moss doch jett passerd sin!“
Gertrud Wackers zog nur die Schultern hoch und versuchte, möglichst ratlos dreizuschauen: „Ja, mein Jott, isch weed et doch ooch nit“, sagte sie, „alle wollen dat wissen. Wat darf et denn sein, Mia?“
„Tu misch doch emal en Viertelpfund vum jekochten Schinken“, sagte Mia, um dann doch wieder auf das sie interessierende Thema zurückzukommen. „Isch hab jehört, dä Dr. Maaßen wär‘ auch heute morjen schon da jewesen. On dä Schlaach-Mattes! Da moss doch jett passiert sin?“
„Dä wird krank sein“, vermutete Gertrud Wackers. „Darf et sonst noch wat sein, Mia?“
„Ja, zwei dicke Scheiben vun dä Schinkewursch. Die isst dä Jupp ja immer so jerne, jebraten on mit ürdentlisch Bratkartoffeln on jett Look. Äwel säk ens: Wenn dä krank is, brucht jo dä Schlaach-Mattes nit ze komme. Do moss jet angeres passerd sin!“
Bertha May betrat just in jenem Moment die Metzgerei, als auf der gegenüberliegenden Seite der

Leichenwagen vorfuhr.
„Ja, om Himmels Wille, luër disch dat ens aan. Dann is dä vermutlisch jesturve“, lamentierte Mia Dohmen, während zwei Herren in dunkler Gewandung den großen Zinksarg aus dem Wagen zogen und ins Pfarrhaus trugen.
Jetzt konnte sich auch Gertrud Wackers nicht mehr auf den Verkauf ihrer Fleisch- und Wurstwaren konzentrieren. „Ja, isset denn die Möchlichkeit?“, sagte sie. „On jistern woer dä doch noch jesund und munter im Hochamt! Dat jeävet doch jar nit!“
„Rasch tritt der Tod den Menschen an, es ist ihm keine Frist gegeben. Es stürzt ihn mitten in der Bahn, es reißt ihn fort vom vollen Leben![5] “, deklamierte Bertha May, von der man wusste, dass sie und ihr Gatte stets bemüht waren, einen bildungsbeflissenen Eindruck zu hinterlassen. Im Dorf erzählte man sich, sie und ihr Mann Herbert hätten sogar ein Abonnement im Krefelder Stadttheater und seien Mitglieder im Bertelsmann Buchclub.
„Ach Du on din Sprösch“, stöhnte Gertrud, ohne weiter auf die Einlage von Bertha May einzugehen. „Mia, bruuchse sonst noch jett?“
„Tu misch noch soon schönes Stück durschwachsener Speck dabei, aber nit ze fett, on dat woer et dann. Äwel warum woer dä Schlaach-Mattes da? Doch nit, wenn dä normal jesturve is!“

---

[5] Vgl. Friedrich Schiller, Wilhelm Tell, 4. Akt, 3. Szene

„Mia, dat macht jetz 6 Mark achzich! 10 Mark, hier sin 3 zwanzich zeröck. Loss et üsch schmecke! Tschöö dann un jröß dä Jupp!“, beendete Gertrud das Gespräch, und während Mia ihre Einkäufe verstaute, den Laden verließ und auf der anderen Straßenseite den Leichenwagen inspizierte und versuchte, durch die Fensterscheiben etwas von den Vorgängen im Haus mitzubekommen, wandte sich Gertrud ihrer nächsten Kundin zu.

„Bertha“, sagte sie freundlich, „wat kann ich für Disch tuen?“

„Isch brauch‘ vier Rinderrouladen“, erwiderte Bertha. „Un aufjeschnittenen Speck dazu. Dat war übrijens vum Schiller[6] , wat isch eben jesaacht hab. Äwel säk ens: Woar da wirklisch dä Schlaach-Mattes da? Warum kömp da die Polizei, wenn dä Pfarrer jesturve es. Dat es doch komisch.“

„Avv dat komisch is, weed isch nit, dä Franzen hätt dat sischer nit komisch jefonde, äwel eijenartig is et sischerlich“, konterte Gertrud. „Äwel wenn et wat Ernstes wär, hätten se nit den Mattes jeschickt! Bruuchse sonst noch wat?“

„Da hässe au widder rait“, meinte Bertha nachdenklich. „Äwel tu misch noch wat jrobe Läwerwursch dabei. Ja, so, ja noch en bissken mehr, so is juut“, dirigierte sie den Messeransatz der Metzgerin. „On dat wär et dann.“

---

[6] Friedrich Schiller (1759 – 1805) Deutscher Dichter, wird immer wieder gern zitiert.

„Äwel Bertha, säk ens: Rinderrouladen unter der Woche? Is bei Euch der Reichtum ausjebrochen?“, interessierte sich Gertrud.
„Nä, dat nit“, ließ Bertha sie wissen, „äwel dä Herbert, dä is doch befördert worde“.
„Wer? Dä Häbät?“ fragte Gertud erstaunt.
„Ja, dä Herbert“, erwiderte Bertha und besah sich dabei ihre Fingernägel. „Weil der so tüschtisch is!“
„Wie? Dä Häbät?“ Gertud wollte es nicht glauben.
„Ja, mein Herbert!“ bestätigte Bertha voll Stolz. „Dä is jetz Maschinenführer, un dat mösse weei natürlisch fieëre!“
Aber Gertud zeigte Reflexe. „Dä Ruddi“, sagte sie verschwörerisch, „soll ja demnächst auch in den Vorstand der Kreismetzjerinnung jewählt werden, äwel dä will ja nit. Dä säht, er hätt mit dem Musikverein un der Feuerwehr schon jenoch am Hals.“
„Ja manschmal“, sagte Bertha mit spitzem Unterton, „sin de Druwwe einfach ze sauer“, eine Anspielung, mit der die Metzgersgattin nichts anzufangen wusste, da ihr die Fabel vom Fuchs und den Trauben[7] nicht einmal ansatzweise bekannt war .
„Dann feiert mal schön“, sagte sie, „un Jlückwunsch

---

[7] Vgl. Der Fuchs und die Trauben – Deutsche Tierdichtung des Mittelalters, Verlag Rütten & Loening, 3. Auflage Berlin (Ost) 1986, S. 120, Fabeln des Aesop, Insel-Verlag Leipzig 1980, S.27, Der Fuchs und der Rabe – Antike Fabeln, Aufbau Verlag Berlin und Weimar, 1. Auflage 1981, S. 10, „Der Fuchs und die Trauben“ in: Jean de La Fontaine, Sämtliche Fabeln, Winkler Verlag, München 1989, S. 201.

an den Häbät! Dat freut mich ja wirklisch für euch!", verabschiedete Gertrud ihre Kundin.
Als die Ladentür hinter Bertha zugefallen war, eilte Gertrud in die gekachelten Produktionsräume, die hinter dem Ladenlokal, abgetrennt durch eine Schiebetür lagen.
„Ruddi", sprach sie ihren Mann an, der gerade dabei war, frische Bratwürstchen abzubrühen, „wusstest Du, dat dä Häbät May befördert worden is?"
„Nä, woher soll isch dat denn wissen", brummte ihr Gatte. „Un warum auch?"
„Ja, dat hat eben die Bertha erzählt. Der wär jetz ‚Maschinenführer' und dat würden se jetz feiern. Rinderrouladen hat se jekauft, einfach so, unter der Woche!"
„Ja, äwel dat es doch juut für et Jeschäft. Da sollense däm ruhisch öfters befördern."
„Ja, aber Be-för-de- rung!", betonte Gertud jede Silbe. „Da könnze Disch ruhisch mal en Beispiel dran nehmen!"
„Wer isch?", fragte Reinhold ungläubig. „Wer soll misch denn befördern? Isch bin mein eijener Chef in meiner eijenen Metzjerei!"
Seine zur Schau gestellte Begriffsstutzigkeit wurde Gertrud jetzt doch zu bunt. „Du wills misch nit verstehen", schimpfte sie, „schließlich will isch och ens stolz seen künne op minne Minsch!" und eilte wütend zurück in den Verkaufsraum.

IV.

Kaplan Benedikt Backes höchstselbst öffnete den Kriminalisten die Tür des Hauses, in dem neben seinen Dienst- und Wohnräumen auch die Leihbibliothek der Gemeinde untergebracht war. Tatsächlich war das hellgelb gestrichene Gebäude so leicht zu finden gewesen, wie Backes es beschrieben hatte. Einen Parkplatz vor dem Haus zu finden, war kein Problem gewesen.

„Kommen Sie doch gerne hier in mein Büro", wies er ihnen den Weg durch eine Tür auf der rechten Seite des Flurs. Die Beamten betraten einen etwa 16 Quadratmeter großen Raum, der relativ spärlich mit einem Schreibtisch, zwei Besucherstühlen, Regal, Aktenschrank und einem Garderobenständer ausgestattet war.

„Kann ich Ihnen etwas zu trinken anbieten? Ich hätte aber nur einen Nescafé im Haus. Ich bin da nicht so gut ausgestattet, müssen Sie wissen", entschuldigte sich Backes.

„Machen Sie sich bitte keine Umstände, Herr Backes! Wir sind ja eben schon von Schwester Agnes bestens versorgt worden und zu viel Kaffee ist auch nicht gut", wehrte Haupt den Vorschlag des Kaplans ab.

„Ich habe das Bischöfliche Ordinariat bereits informiert", berichtete Backes. „Dort war man natürlich im höchsten Maße beunruhigt, von wegen ‚Ruf der Gemeinde' und der Mutter Kirche, wenn die Nachricht über die Begleitumstände des Heimgangs von Pfarrer Franzen die Runde machen. Ich denke, man wird sich noch bei Ihnen melden. Auch ich wurde aufgefordert, größtmögliche Diskretion walten zu lassen, als ob das für mich nicht ohnehin selbstverständlich wäre."

„Wir können damit umgehen", versicherte Haupt. „Aber lassen Sie uns zum Zweck unseres Besuches kommen. Wir stehen im Moment natürlich noch vor einem Haufen von Fragen, auf die wir noch keine Antwort wissen. Wer könnte ein Motiv gehabt haben, zum Beispiel, und gleichzeitig natürlich auch eine Gelegenheit. Deswegen versuchen wir, im Umfeld des Opfers Hinweise zu erlangen, die uns vielleicht einen Schritt weiterbringen. Und da liegt es natürlich nahe, Sie als seinen engsten Mitarbeiter zu fragen…"

„Ich fürchte", unterbrach ihn der Kaplan, „ich kann gar nicht so sehr viel weiterhelfen, so gern ich das würde. Und es steht mir glaube ich auch nicht zu, meinem verstorbenen Vorgesetzten posthum sozusagen ein Zeugnis auszustellen."

„Das sollen Sie doch auch gar nicht", versicherte Haupt. „Und ohnehin gilt ja: de mortuis nihil nisi bene[8]! Aber wir möchten gerne sehen, ob es in seinem Leben, seiner Arbeit Umstände gibt, die einen Täter oder eine Täterin veranlasst haben könnten, ihm nach dem Leben zu trachten."

Der Kaplan atmete tief durch: „Sehen Sie, der Begriff

[8]Über Verstorbene soll man nur wohlwollend sprechen.

‚engster Mitarbeiter‘ suggeriert ein Vertrauensverhältnis, das so nie bestanden hat. Pfarrer Franzen, wie soll ich das sagen, war mein Vorgesetzter, der mir bestimmte Aufgaben in ‚seiner‘, ich betone ‚seiner‘ Gemeinde zugewiesen hat, die ich nach bestem Wissen und Gewissen erledigt habe, aber von einer Zusammenarbeit im Sinne einer Diskussion und Definition gemeinsamer Projekte, Aufgaben und Ziele, eines gemeinsamen Nachdenkens über Vorhaben und Angebote an die Gemeinde, konnte keine Rede sein. Das gab es nicht, das war auch nicht sein Stil, aber das ist ja oftmals auch gängiger Führungsstil in anderen gesellschaftlichen Bereichen. Mich als ‚Partner‘ in der Gemeindearbeit zu akzeptieren, mich in Entscheidungen einzubeziehen, das hätte er als Aufweichung der sozialen Hierarchie betrachtet.“

„Wie meinen Sie das?“ hakte Haupt nach.

„Nun: Er war der Chef und in seine Entscheidungen hatte keiner hineinzureden, zumal keiner seiner Untergebenen. Was ich sagen wollte: Wir haben mehr nebeneinander als miteinander gearbeitet. Er war ein Pfarrer vom alten Schlage, ein Angehöriger einer anderen Generation halt, der offensichtlich eine ‚Aura der Unnahbarkeit‘, so will ich das mal nennen, als einzig angemessene Daseinsform des Priesterstandes ansah“, legt der Kaplan nach.

„Er hielt sich also für was Besseres?“, warf Haupt ein.

„Sie wissen, dass ich das niemals so formulieren würde, Herr Haupt“, erwiderte der Kaplan, „aber die

Nähe zu den Gemeindemitgliedern, der Umgang und der Dialog mit Ihnen, das lag ihm nicht, das war ihm fremd. Die seelsorgerische Tätigkeit. Da wäre mehr Herzlichkeit am Platz gewesen, nicht diese aufgesetzt wirkende, katzenhafte Freundlichkeit, sondern ehrliche Anteilnahme. Deswegen wurde ja auch die Krankenhausbetreuung komplett an mich delegiert. Wobei", fügte er nachdenklich hinzu, „es gab eine Ausnahme. Die Betreuung der Kinder und Jugendlichen, der hat er sich stets mit Hingabe gewidmet und die war ihm stets vorbehalten, also die Kinder- und Jugendbeichte, die Arbeit mit dem Marienkindern, den Messdienern etc., obwohl, verstehen Sie dies bitte nicht als Kritik, es ja nahegelegen hätte, mich bei diesen Aufgaben zumindest einzubinden, da ich ja rein altersmäßig viel näher an dieser Gruppe dran bin und vielleicht gerade im Freizeitbereich zusätzliche Angebote hätte etablieren können, aber dafür war er leider überhaupt nicht zu gewinnen. Also, er hätte doch niemals mit den Messdienern mal eine Runde Fußball gespielt oder so etwas. Abgesehen davon, dass er ja schon 56 Jahre alt war: Das lag ihm nicht."
Mit der Frage „Können Sie sich vorstellen, Herr Backes, wer ein Motiv gehabt haben könnte, Pfarrer Franzen zu vergiften?" griff nun KOK Joeres in das Gespräch ein.
Der Kaplan hob resignierend die Schultern. „Ich habe nicht den Hauch einer Ahnung", seufzte er. „Sie finden mich komplett ratlos. Ich kann mir nicht

vorstellen, wer und auch nicht warum!“

„Wissen Sie, ob er Angehörige hatte?“, fragte Haupt.

„Wir haben nie über Privates gesprochen, aber von Schwester Agnes habe ich gehört, dass er eine Schwester hat, die wohl in Eschweiler lebt, aber mehr kann ich Ihnen dazu nicht sagen“, entschuldigte sich der Kaplan.

„Hatte er bestimmte Gewohnheiten, von denen Sie Kenntnis haben?“

„Er fuhr im Urlaub stets nach Bayern, Wanderurlaub im Allgäu. Er hatte dort wohl im Kloster Ottobeuren bei den Benediktinern einen Freund aus Studienzeiten, aber das sind Informationen, die ich auch nur aus Gesprächen mit Schwester Agnes herausgefiltert habe. Vielleicht fragen Sie dort noch einmal nach, wenn das wichtig sein sollte“, schlug Backes vor.

„Wir haben im Pfarrhaus, im Lesezimmer des Pastors, eine erlesene Sammlung von Magazinen und Broschüren gefunden, die sich als Lektüre für einen katholischen Priester, wie soll ich das sagen, eher ungewöhnlich ausnehmen“, kam Haupt auf das heikle Thema zu sprechen.

„Wie meinen Sie das?“, fragte der Kaplan erschrocken.

„Ich nehme an, Sie haben mich schon richtig verstanden. Hochwürden bevorzugte offensichtlich eine Bettlektüre höchst fragwürdiger Provenienz. Das war ihnen vermutlich nicht bekannt, oder?“

„Um Himmels Willen, nein, natürlich nicht. Das kann

ich gar nicht glauben!“ erregte sich der Kaplan. „Das ist ja furchtbar, aber was hat das mit seinem Tod zu tun?“

„Das wissen wir nicht, aber es war eben ein Punkt, der uns bei der Untersuchung des Zimmers aufgefallen war. Man mag solche Lektüre nicht unbedingt für geschmackvoll halten, aber es ist nur schwer vorstellbar, dass man deswegen umgebracht wird“, erklärte Haupt. „Einen Punkt hätte ich noch: Schwester Agnes hat uns erklärt, dass der Pfarrer stets sonntagabends, so wie gestern wohl auch, den übriggebliebenen Messwein aus dem Hochamt trank, weil der ja nicht bis zur nächsten Kommunion haltbar wäre. War Ihnen diese Gewohnheit bekannt?“

Backes schmunzelte: „Ja, die Messdiener haben mir mal davon erzählt, als ich vertretungsweise während seines Urlaubs das Hochamt gehalten habe. Er hat die Flasche wohl immer heimlich eingepackt, aber die Jungs haben es natürlich trotzdem gemerkt und darüber getuschelt, vermutlich weil sie auch selber hin und wieder davon genascht haben. Und dann haben Sie mich gefragt, ob ich mir nicht auch den Wein einpacken will, nach dem Motto ‚Wenn ich den Pfarrer schon vertrete, dann auch richtig‘. Ich hab’s natürlich nicht gemacht.“

„Wo wird der Messwein aufbewahrt?“, fragte Joeres.

„Wir haben davon immer einen kleinen Vorrat in der Sakristei, aber darum habe ich mich nie gekümmert. Das war stets Chefsache, der ihn auch bestellt hat bei irgendeinem Weingut an der Mosel. Ich kenne mich da nicht aus."

„Wer hat dort Zugang?", wollte Haupt wissen.

„Naja, der Pastor selber, ich, die Messdiener, die Putzfrauen, ein relativ begrenzter Personenkreis jedenfalls."

„Es wäre also theoretisch möglich, dass jemand der dort Zutritt hat, dem Wein eine tödliche Dosis Gift hinzugefügt hat, jemand der wusste, dass Hochwürden die Angewohnheit hatte, den Wein nicht umkommen zu lassen", schlussfolgerte Joeres.

„Theoretisch schon, aber, mein Gott, die Messdiener, das sind Jungs im Alter von zwölf bis fünfzehn Jahren, soweit ich weiß, und die Putzfrauen? Warum sollte eine von denen das machen? Im Normalfall liegen da ja auch gar keine offenen Flaschen herum. Und eine Flasche öffnen, Gift rein und wieder verschließen? Kommt mir eher unwahrscheinlich vor. Und mich selber nehme ich mal aus dem Kreis der Verdächtigen aus, wenn Sie nichts dagegen haben", sagte Backes.

„Falls sich bei der Untersuchung der Flasche herausstellen sollte, dass der Inhalt vergiftet war, und bei der gerichtsmedizinischen Untersuchung des Opfers, dass es dieses Gift war, an dem der Pfarrer gestorben ist, dann werden wir diejenigen, die Zugang zur Sakristei hatten, befragen müssen. Meine Bitte, Herr Backes: Könnten Sie da vielleicht schon einmal eine Liste vorbereiten?" schlug Haupt vor.

„Das kann ich selbstverständlich gerne machen",

meinte der Kaplan.
„Dann lassen wir Sie für heute in Ruhe und melden uns, wenn wir Ihre Hilfe noch einmal brauchen. Vor allem werden wir auch zu Vergleichszwecken Ihre Fingerabdrücke benötigen und Sie müssten bitte den Kollegen von der Spurensicherung Zugang zur Sakristei verschaffen, damit wir dort nach eventuellen Spuren schauen können. Zunächst einmal herzlichen Dank für Ihre Offenheit. Das war nicht selbstverständlich," beendete Haupt das Gespräch.

V.

Als Haupt und Joeres die Büroräume im ersten Stock des Präsidiums in Kappesbosch betraten, signalisierte die Abteilungssekretärin Petra Bronnen ihnen bereits einen offensichtlich dringenden Anruf. „Haupt, Kripo Kappesbosch, II. Kommissariat“, meldete Haupt sich.
„Hier ist die Gemeinde Niersbrück, einen Augenblick bitte, ich stelle Sie durch zu Gemeindedirektor Dr. van den Bosch“, meldete sich eine weibliche Stimme, und nach zweimaligem Klingeln hatte Haupt den dynamischen Verwaltungschef der Gemeinde in der Leitung.
„Van den Bosch“, sagte er, „guten Tag, Herr Haupt. Sie können sich sicher denken, weswegen ich anrufe. Ich habe gehört, dass Sie Ermittlungen durchführen im Zusammenhang mit dem Heimgang unseres Pfarrers, Herrn Franzen.“
„Richtig“, bestätigte Haupt.
„Darf ich erfahren, warum sich die Kripo mit dem Tod des Pfarrers befasst?“
„Das ist bei einer unklaren Todesursache und vor allem dem Verdacht auf Fremdverschulden so üblich, Herr Dr. van den Bosch!“ erklärte Haupt.
„Was soll das heißen? Wollen Sie damit etwa andeuten, der Pfarrer wäre umgebracht worden?“ erregte sich der Gemeindechef.
„Es gibt Anzeichen dafür, dass das so sein könnte, ich betone: könnte. Und das klären wir gerade. Der Arzt, der dem Tod des Pfarrers festgestellt hat, war aufgrund

bestimmter Anzeichen der Meinung, dass Hochwürden keines natürlichen Todes gestorben sein könnte, sondern dass jemand möglicherweise mit Gift nachgeholfen hat, wenn ich das mal so salopp formulieren darf", berichtete Haupt, „mehr kann und darf ich Ihnen zum gegenwärtigen Zeitpunkt noch nicht sagen".
„Aber das ist ja furchtbar! Sie werden verstehen, dass ich besorgt bin um den Ruf unserer Gemeinde. Ein Mordfall! Bei uns! Und dann ist auch noch der Pfarrer das Opfer! Was passiert den jetzt?", fragte van den Bosch entgeistert.
„Zunächst einmal müssen wir untersuchen, woran der Tote gestorben ist. Dazu wird er einerseits in der Gerichtsmedizin untersucht und andererseits wird die im Verdacht stehende Flasche Wein kriminaltechnisch untersucht dahingehend, ob dem Wein das Gift zugefügt worden ist" erläuterte Haupt das Verfahren. „Und wenn wir das wissen, sehen wir weiter".
„Aber wie ich höre, machen Sie doch jetzt schon alle Welt verrückt, obwohl offensichtlich ja noch gar nichts festzustehen scheint! Das führt doch nur zu unnötigem Gerede", empörte sich van den Bosch.
Haupt bemühte sich ruhig zu bleiben. „Herr Dr. van den Bosch", sagte er, „mein Kollege und ich haben die Leiche auch in Augenschein genommen, und glauben Sie mir: Wir haben da auch eine gewisse Erfahrung in unserem Metier. Ich bin mir ziemlich sicher, dass das Ergebnis der Untersuchungen sein wird, dass der Herr Franzen vergiftet wurde."

„Ja, aber da kann man doch ein bisschen diskreter vorgehen. Da fahren am hellerlichten Tage Polizeiautos vor das Pfarramt, der Leichnam wird in einem Zinksarg abtransportiert, durch die Haustür, damit es auch alle in dieser Klatschzentrale gegenüber mitbekommen, und ob vergiftet oder nicht, man kann doch auch wohl mal ein Auge zudrücken, wenn es um den guten Ruf und das Ansehen der Gemeinde geht!“, redete sich van den Bosch in Rage.
„Was meinen Sie damit ‚Ein Auge zudrücken‘?“, fragte Haupt erstaunt. „Wie stellen Sie sich das vor? Dem Pfarrer werden sozusagen gewaltsam die Augen zugedrückt und wir sollen ‚ein Auge zudrücken‘, nur weil Sie um den guten Ruf ihrer Gemeinde fürchten? Das wollen Sie mir nicht im Ernst vorschlagen?“
Van den Bosch hatte längst erkannt, dass er sich zu weit vorgewagt hatte und ruderte zurück: „Entschuldigen Sie, selbstverständlich nicht!“, sagte er verärgert über sich selbst. „Es geht mir wie gesagt nur um den guten Ruf von Niersbrück. Nichts anderes! Man muss sich das mal vorstellen: Bei uns wird der Pfarrer der katholischen Kirchengemeinde umgebracht! Eine Schande so etwas! Deswegen wollte ich Sie bei allem gebotenen Respekt vor Ihrer Arbeit um höchst mögliche Diskretion bitten“.
„Herr Dr. van den Bosch“, beschwichtigte Haupt den aufgebrachten Mann, „Diskretion ist ein integraler Bestandteil unserer Arbeit. Aber es geht hier wahrscheinlich um die Aufdeckung eines Tötungsdeliktes und da

sind wir in der Pflicht, alle notwendigen Schritte mit der notwendigen Konsequenz zu gehen, um den Täter zu finden. Es kann dem Ruf ihrer Gemeinde doch nur nutzen, wenn wir hier so schnell wie möglich Klarheit schaffen."
Der Gemeindedirektor verzichtete auf eine Entgegnung und erwiderte nur, offensichtlich verärgert: „Dann wünsche ich Ihnen viel Erfolg dabei und danke für das Gespräch". Bevor Haupt antworten konnte, hatte er aufgelegt.
Ole Haupt atmete tief durch. „Du hast das mitbekommen?", wandte er sich an seinen Kollegen. Der nickte: „Das war ja nicht zu überhören."
„Es ist nicht zu fassen", stöhnte Haupt, „wie besorgt alle um den guten Ruf der Gemeinde sind. Mir scheint, es wäre ihnen am liebsten, wir würden um des guten Rufes Willen die Ermittlungen einstellen und ein Kapitalverbrechen unter den Tisch kehren. Unglaublich!"
„Wie gehen wir jetzt weiter vor?", fragte Joeres.
„Wir brauchen die Ergebnisse der Gerichtsmedizin und der SpuSi, die bekommen wir frühestens morgen, und dann müssen wir alle befragen, die die Möglichkeit gehabt hätten, ihm das Gift zu verabreichen, vorausgesetzt natürlich, es war tatsächlich im Wein."
„Bei der Brisanz des Falles solltest Du Dir das Okay von oben holen und den Chef frühzeitig einbeziehen", schlug Joeres vor.
Eine Anregung, der Haupt ohne zu zögern zustimmte.

„Genau das hatte ich vor“, sagte er, „ich werde gleich mal nachfragen, ob er Zeit für uns hat, denn ich kann mir vorstellen, dass das eben nicht er einzige Versuch einer Einflussnahme auf die Ermittlungen bleiben wird.“

Haupt hatte Glück. Kriminalrat Hans Harnischfeger, Chef der Kappesboscher Kripo, hatte bereits mit seinem Anruf gerechnet. „Ich komme rüber in Ihr Büro“, hatte er gesagt, als Haupt ihm sein Anliegen kurz erklärt hatte. „Der van den Bosch hat auch bei mir schon angerufen offensichtlich nach dem Motto ‚Geh nicht zum Hänschen, geh zum Hans‘. Zum Glück war ich nicht im Haus, aber er hat um einen Rückruf gebeten. Als ob ich Ihnen da ins Handwerk pfuschen würde!“

Zwei Minuten später stand Harnischfeger in Haupts Büro.

„Was will der van den Bosch eigentlich?“, fragte er.

„Er ist besorgt um den guten Ruf seiner Gemeinde. Ein katholischer Geistlicher ermordet – das macht sich natürlich nicht gut. Dabei ist er über die Begleitumstände nicht einmal informiert, jedenfalls nicht von uns. Das würde dem Ganzen ja überhaupt erst die pikante Würze verleihen“, erwiderte Haupt.

„Was für Begleitumstände?“ wollte Harnischfeger wissen.

„Hochwürden starb in seinem Studierzimmer und Gegenstand seiner Studien war die Anatomie junger, sehr junger weiblicher Körper, ein Forschungsgebiet, dem ganz offensichtlich sein besonderes Interesse galt, in allen Details, jedenfalls schließen wir das aus dem gewaltigen Umfang an Fachliteratur, die er in seinem Schrank hatte."

„Ihr Sarkasmus ist hier, glaube ich, ziemlich fehl am Platz, Haupt!", wies Harnischfeger seinen Mitarbeiter zurecht. „Aber das ist natürlich für einen Pfarrer schon ein ziemlich dickes Ding. Und es ist natürlich die Frage, ob seine diesbezügliche Vorliebe in irgendeinem Zusammenhang zu dem Mord steht?"

„Muss nicht, aber es kann", meinte Haupt. „Wichtig ist, dass wir herausfinden, wer Zugang zu dem Wein hatte, wenn ihm das Gift auf diese Weise zugeführt worden sein sollte. Es führt kein Weg daran vorbei, dass wir alle befragen, die theoretisch Zugang zur Sakristei hatten, auch wenn das Staub aufwirbelt und in der Gemeinde für Gesprächsstoff sorgen dürfte. Das wird sich nicht vermeiden lassen."

Joeres ergänzte: „Und wir stehen hinsichtlich eines Motivs noch vor einem Rätsel. Warum bringt jemand einen katholischen Priester um? Hier könnte möglicherweise sein Abendbrevier einen Hinweis enthalten. Verkehrte er heimlich in schrägen Milieus? Ein Ansatz, den man zumindest nicht ausschließen sollte."

Harnischfeger ging seine Gedanken sammelnd im Zimmer auf und ab. „Sagen wir mal so", fasste er zusammen, „wir werden selbstverständlich die notwenigen Schritte unternehmen, um den Tod des Pfarrers aufzuklären. Dazu gehört es ohne jeden Zweifel, dass Sie im Umfeld des Opfers ermitteln, auch wenn das der ein oder andere nicht gerne sehen mag. Wir werden aber alles tun, dass von den ‚Begleitumständen', die Sie mir geschildert haben, von unserer Seite nur das Allernotwendigste im Ermittlungsverfahren erwähnt wird, nur wenn es wirklich unumgänglich sein sollte. Und jetzt dürfen Sie weitermachen, meine Herren. Ich vertraue auf Ihr kriminalistisches Gespür und Ihre Erfahrung und auf Ihre Diskretion. Sie halten mich auf dem Laufenden!"

Mit dieser Ansage verabschiedete sich der Kripo-Chef.

„Was machen wir?", fragte Joeres, nachdem Harnischfeger den Raum verlassen hatte.

„Wir gehen erst einmal eine Kleinigkeit essen. Mir hängt der Magen schon in den Kniekehlen. Dann kann ich nicht denken", meinte Haupt.

Joeres stimmte zu: „Okay, wohin?"

„Wir können ja schnell rüber zum Schorsch gehen", schlug Haupt vor, eine Idee, die Joeres gefiel.

VI.

Georg, der „Schorsch" genannt wurde, und seine Frau Kati betrieben das „Burgbräu", ein Lokal, das direkt hinter dem nördlichen Kappesboscher Stadttor lag, mehr oder weniger schräg gegenüber dem Polizeipräsidium. Kein wirkliches Speiselokal, aber immerhin konnte Kati mit einem ordentlichen „Strammen Max[9]" aufwarten und ihr hausgemachter „Rheinischer Kartoffelsalat[10]" war Legende. Ganz bestimmt nicht hausgemacht war dagegen die Gulaschsuppe[11], deren Dosenaroma auch durch intensives Nachwürzen nicht zu übertünchen war. Aber insgesamt kam das übersichtliche Angebot gut an bei ihrem Publikum, vor allem den Schülern des nahegelegenen Gymnasiums, des „Augustinums", die sich dort die Zeit zwischen Schulschluss und Abfahrt der Busse ins Umland bei Alt-Schuss und Skat vertrieben oder die Zeit, die die frömmeren unter ihnen im Schulgottesdienst verbrachten,

Es war nicht viel Betrieb, als Joeres und Haupt das „Burgbräu" betraten. Zwei junge Männer versuchten das ‚Groschengrab', den Spielautomaten an der Wand zu überlisten – mit wenig Geschick und mäßigem Erfolg.

Schorsch war gerade damit beschäftigt, ein paar Glä-

---

[9] Rezept im Anhang
[10] Rezept im Anhang
[11] Rezept im Anhang

ser Alt[12] aus dem Hahn zu lassen. „Hallo, die Herren! Ich bin gleich bei Euch“, begrüßte er sie.
Haupt und Joeres suchten sich einen Platz im hinteren Teil des Lokals. „Hat Kati irgendwas besonderes anzubieten heute“, fragte Haupt den Wirt, der zu ihnen an den Tisch gekommen war.
„Wir haben heute Maultaschen, so mit Röstzwiebeln und Käse überbacken, und enne Salat dabei“, sagte Schorsch. „Kann ich Euch empfehlen!“
Haupt und Joeres sahen sich an. „Dat machen wir“, sagte Haupt ins Idiom der Eingeborenen verfallend.
„Un wie immer zwei Wasser dabei?“, erkundigte sich Schorsch.
„Un wie immer zwei Wasser“, bestätigte Joeres.
„Un wat machen die Mörder?“, fragte Schorsch, als er kurz darauf zwei Gläser Wasser an den Tisch brachte.
„Die sorgen dafür, dass uns die Arbeit nicht knapp wird“, sagte Haupt salopp.
Schorsch sah sie interessiert an. „Wie?“, sagte er. „Is irjendwat im Busch?“
Haupt zog die Schultern hoch. „Schorsch“, sagte er entschuldigend und mit vorgeblichem Bedauern, „Du weißt doch, dass wir nicht über laufende Ermittlungen reden.“
„Nur für misch“, sagte er mit treudoofem Blick. „Isch erzähl doch auch niemandem wat!“

---

[12] Alt: Regionaltypisches, bierähnliches Getränk, vergleichbar dem Kölsch

„Davon bin ich überzeugt“, grinste Haupt. „Guck Dir die Tage die Todesanzeigen in der Zeitung an und dann weißt Du Bescheid.“
Zum Glück klingelte es an der Durchreiche, und einen kurzen Augenblick später reichte Schorsch ihnen ihre Teller. „Juten Appetit, die Herren“, wünschte er, „lasset Euch schmecken!“
Nach dem arbeitsreichen Vormittag ließen es sich die Herren auch schmecken. „Hmmh“, schwärmte Joeres, „lecker. Aber ‚hausgemacht‘ sind die bestimmt nicht.“
„Ist ja auch nicht erforderlich, wenn sie gut sind – und die sind gut“, entgegnete Haupt. „ ‘Hausgemacht‘ kann man ja unter Umständen auch als Drohung verstehen, je nach Qualität des Kochs oder der Köchin…“
„Stimmt“, gab Joeres zu. „Genauso wie der Spruch ‚Futtern wie bei Muttern‘. Bin ich froh, dass ich nicht mehr bei Muttern futtern muss oder nur noch sehr selten, wenn ich an das Zeugs denke, was bei uns auf den Tisch kam.“
Haupt gab sich philosophisch. „Und Dein Vater war, wie meiner übrigens auch, sicherlich der Überzeugung, mit der besten Köchin der Welt verheiratet zu sein. Schlecht kochen“, sinnierte er vor sich hin, „schlecht kochen kann jeder. Stolz darauf sein, nur die deutsche Hausfrau [13].“
„Und deren Männer“, ergänzte Joeres.
„Und deren Männer“, bestätigte Haupt.

---

[13] Eine Auffassung, die später der Gastroautor Wolfram Siebeck (1928-2016) bestätigen sollte.

„Wobei, eins muss ich zur Ehrenrettung meiner Mutter sagen", fiel Joeres ein. „Ein Gericht machte sie hervorragend. ‚Döppekook'[14] , nannte man das bei uns. Eher ein Auflaufgericht als ein Kuchen aus geriebenen Kartoffeln, Möhren, Eiern, Zwiebeln, Speck und Mettwurst. Könnte ich mich heute noch reinsetzen."
„Bei uns, das heißt im Dorf meiner Frau, heißt das, glaube ich, ‚Bokertskook'[15] ", meinte Haupt. „Das kommt doch auch in diesem einen St.-Martinslied vor, das die Kinder hier immer singen: ‚Da Hääm, do jeävet Bokertskook, loop kenger, loop, met Äppel dran on och jet Look…"
„Bokertskook", wandte Joeres ein, „kenn' ich als Speckpfannekuchen mit Buchweizenmehl. Aber das ist ja von Kaff zu Kaff unterschiedlich, aber das musst Du als zugereister Ostfriese nicht wissen. Doch bevor wir hier weiter Rezepte austauschen, lass uns lieber untersuchen, nach welchem Rezept das Gift für Hochwürden angerührt wurde."
Haupt nickte. Er war tatsächlich nach dem Krieg der Liebe wegen aus seiner Heimatstadt Jever an den Niederrhein gezogen, wo er im Frühjahr 1945 seine spätere Frau kennengelernt hatte, als er mit Hitlers Soldateska den Übergang der alliierten Truppen über die Reichsgrenze und später den Rhein verhindern und die Naziherrschaft vor dem unvermeidlichen Untergang zu bewahren sollte, ein Unternehmen, das er zum

---

[14] Rezept im Anhang
[15] Rezept im Anhang

Glück im Gegensatz zu vielen anderen überlebt hatte. Haupt und Joeres standen auf, schnappten sich ihre Jacken, die sie über die Stuhllehnen gehängt hatten. „Lass mich das Geschäftliche mal erledigen“, schlug Haupt vor.
„Oh, schönen Dank! Dann bin ich beim nächsten Mal dran“, bedankte sich der Kollege.
„Dann mal erfolgreiche Verbrecherjagd“, verabschiedete sich Schorsch, nachdem die Beamten bezahlt hatten und natürlich begeistert zugestimmt hatten, als Schorsch fragte: „Haddet denn jeschmeckt?“
Dann traten sie aus dem Haus, überquerten die Ringstraße, die die Altstadt Kappesboschs rund um die Stadtmauer umschloss, und gingen wieder in ihr Büro im ersten Stock des Polizei-Gebäudes.

VII.

„Dann lass uns mal zusammentragen, was wir an gesicherten Erkenntnissen bis jetzt haben“, leitete Haupt ihre Besprechung ein. „Viel ist es ja leider nicht. Der Pfarrer ist tot. Höchst wahrscheinlich vergiftet. Das Gift wurde vermutlich in den Wein gemischt, den er dann am Abend getrunken hat. Wer immer dem Wein das Gift beigefügt hat, muss also von seiner Gewohnheit gewusst haben, abends die Reste des Messweins vom Vormittag niederzumachen. Und er muss Zugang zu der offenen Flasche gehabt haben. Eine noch verschlossene Flasche zu öffnen und dann wieder zu verschließen, das hätte ja keinen Sinn ergeben. Dabei wäre die Kapsel auf dem Flaschenhals zerstört oder beschädigt worden, so dass jeder schnell eine Manipulation bemerkt hätte. Zudem hätte man keine Sicherheit gehabt, dass auch wirklich das ausgewählte Opfer den Wein trinkt. Also werden wir mit allen reden, die Gelegenheit hatten, im fraglichen Zeitraum an die Flasche zu gelangen. Und dann wäre da ja noch die Frage des Motivs.“

Joeres nickte. „Theoretisch könnte natürlich auch die Schwester Agnes ihm Gift ins Essen gemischt haben, aber dann wäre er vermutlich nicht erst in seinem Lesezimmer gestorben, und dass die Haushälterin ihn vom Esszimmer im Erdgeschoss da raufgeschleppt hat, das glaub ich einfach nicht. Das hätte die ohne fremde Hilfe nie geschafft, aber da sollten wir ja ohnehin morgen mehr wissen, wenn wir die Ergebnisse der Pathologie bekommen. Und warum hätte die das auch machen sollen?"

„Naja, Gründe könnte es eine Menge geben, wer weiß schon, was da im Binnenverhältnis zwischen Pfarrer und Haushälterin eine Rolle gespielt haben könnte: nicht erwiderte Liebe, ständiges Genörgel am Essen, seine lasterhaften Vorlieben bei der Abendlektüre? Aber ich geb' Dir Recht: Die Variante ist nicht sehr wahrscheinlich. Die macht so etwas nicht. Als Priester der Katholischen Kirche und Mann Gottes zählte er für sie auf jeden Fall zu den Unberührbaren. Dennoch hätte auch sie natürlich die Gelegenheit gehabt, ihm Gift in den Wein zu kippen. Und sie wusste von seiner Gewohnheit! Also werden wir auch mit ihr noch einmal reden müssen." Wie zur Bekräftigung seiner Worte klopfte Haupt mit seinem Kugelschreiber auf die Schreibtischplatte. „Wir brauchen eine genaue Liste derjenigen, die an diesem Morgen in der Sakristei waren oder an anderer Stelle Zugang zu der Flasche hätten haben können. Dabei müssen uns der Kaplan und diese Schwester Agnes helfen. Mehr können wir im Moment nicht tun!"

„Dann machen wir das. Und morgen sind wir hoffentlich klüger und sehen weiter", stimmte Joeres seinem Chef zu.

Als Haupt am nächsten Morgen sein Büro betrat, seine Aktentasche auf dem Sideboard an der Stirnseite des Raumes abgelegt hatte, fand er auch schon einen

Zettel mit der Bitte um Rückruf bei der Kriminaltechnischen Untersuchungsstelle auf seinem Schreibtisch.
„Ihr seid aber fix", lobte er die Kollegen, als sich Jupp Münter, der Leiter der Einheit unter der angegebenen Nummer meldete. „Habt ihr was für uns?"
„Ich dachte mir, ich informier' Dich mal schnell telefonisch vorab. Den genauen Bericht gibt's später schriftlich. Also: Es waren zwar nur noch geringe Überreste Wein in der Flasche, aber wir konnten feststellen, dass das himmlische Moseltröpfchen[16] tatsächlich mit Gift versetzt war", berichtete Münter.
„Weißt Du, was da reingemischt wurde?", wollte Haupt wissen.
„Da sind wir noch dran", sagte Münter, „aber es scheint sich um einen Cocktail zu handeln, der zumindest Thalliumsulfat enthielt und E-605."
„Ach du liebe Zeit", stöhnte Haupt, „das Zeugs kriegt man doch in jeder Drogerie zu kaufen!"
„Ich fürchte auch, dass auf dem Land jeder zweite Haushalt so etwas in der Gartenlaube hat. Rattengift halt", stimmte Münter zu.
„Nur jeder zweite? Das schränkt den Kreis der Verdächtigen ja schon mal deutlich ein!", stellte Haupt sarkastisch fest. „Dann wollen wir uns mal an die Suche machen!"

---

[16] Wurde den Deutschen damals von den Vertretern der Fa. Pieroth in die Wohnzimmer des Wirtschaftswunder gestellt und Willi Schneider, ein singender Metzger aus Köln, trällerte dazu: Schütt die Sorgen in ein Gläschen Wein…

„Viel Vergnügen dabei und Erfolg natürlich“, antwortete Münter. „Der Bericht kommt dann so schnell wie möglich! Und übrigens: Auf der Flasche fanden sich ausschließlich die Fingerabdrücke des Pfarrers und seiner Perle.“

Haupt legte den Hörer auf und sah seinen Kollegen Joeres an, der inzwischen das gemeinsame Büro betreten hatte.

„Du hast mitgehört? Das war Jupp Münter. In dem Wein war Rattengift. Wohl Thalliumsulfat und E 605. Sowas hat doch vermutlich nahezu jeder Kleingärtner im Haus.“ Haupt tat so, als würde er sich die Haare raufen.

Joeres versuchte, seinen Chef zu beruhigen. „Aber die Schnittmenge derjenigen, die ein Motiv haben könnten und gleichzeitig die Gelegenheit, das Gift in die Flasche zu kippen, ist ja bedeutend kleiner.“

„Ja, aber muss es denn sowas Profanes wie Rattengift sein? Damit schreibt man doch nie Kriminalgeschichte!“, gab Haupt schmunzelnd zu bedenken.

„Das stimmt! Das ist nix Neues. Der erste Mord mit E 605 liegt meines Wissens mindestens zehn Jahre zurück [17]. Aber ich habe meine Zweifel, ob der Täter überhaupt Kriminalgeschichte schreiben wollte. Aber immerhin: Das Opfer ein katholischer Priester. Das hat man doch auch nicht alle Tage.“

„Da haste auch wieder Recht“, gab Haupt lachend zu.

---

[17] Der weltweit erste dokumentierte Mord mit E 605 wurde 1952 von Christa Lehmann verübt.

Aber jetzt machen wir uns mal an die Arbeit. Die Liste mit denjenigen, die Zutritt zur Sakristei hatten. Setzt Du Dich bitte mit dem Kaplan in Verbindung."
Joeres nickte. Und während er zum Hörer seines Telefons griff, klingelte Haupts Apparat. Am anderen Ende meldete sich Petra Bronnen: „Das Büro Harnischfeger hat mir einen Anruf vom Bischöflichen Ordinariat durchgestellt. Die wollten den Chef sprechen. Der hat aber gesagt, Du sollst das übernehmen, Ole. Das sei Dein Fall!"
„Okay", willigte Haupt ein, und Petra Bronnen stellte den Anruf durch.
„Kripo Kappesbosch, II. Kommissariat, Hauptkommissar Haupt", meldete er sich.
„Hier ist das Bischöfliche Ordinariat Aachen, guten Tag", flötete eine weibliche Stimme, „seine Exzellenz, Bischof Kesselschmied, wünscht Sie zu sprechen. Darf ich durchstellen?"
„Gottbefohlen", meinte Haupt trocken.
„Kesselschmied", meldete sich kurz darauf seine Exzellenz, woraufhin Haupt seinerseits seinen Namen und seine Dienstbezeichnung nannte.
„Herr Haupt", sprach der Bischof mit gesenkter Stimme, „Kaplan Backes von St. Blasius in Niersbrück berichtete mir, dass Sie die Ermittlungen im bedauerlichen Todesfalls von Pfarrer Franzen leiten. Darf ich fragen, wie der Stand Ihrer Ermittlungen ist?"
„Nach dem vorläufigen Ergebnis der kriminaltechnischen Untersuchung starb der Pfarrer durch eine Dosis

Gift, genauer gesagt E 605 und Thalliumsulfat, das einer Flasche Wein beigemengt worden war, die der Pfarrer sich am Sonntagabend zu Gemüte geführt hat", ließ Haupt den Bischof wissen.
„Das heißt", fragte Kesselschmied, „Sie gehen davon aus, dass Pfarrer Franzen ermordet wurde?"
„So sieht es wohl aus, Herr Bischof", bestätige Haupt. „Theoretisch käme natürlich auch in Frage, dass er Selbstmord begangen haben könnte, aber wie wahrscheinlich ist das bei einem katholischen Geistlichen? Das wäre doch, wenn ich richtig unterrichtet bin, eine Todsünde? Da droht doch die ewige Verdammnis?"
„Ihre Frage verrät mir, dass Sie wohl nicht unserer Kirche angehören, Herr Haupt?", schlussfolgerte der Bischof.
„Das haben Sie richtig erkannt, Exzellenz", bestätigte der Kommissar. „Ich bin in Ostfriesland, in Jever geboren und aufgewachsen und da ist man heidnischen Bräuchen verhaftet, bestenfalls evangelisch, wenn ich das mal so salopp sagen darf!"
„Bedauerlich, sehr bedauerlich! Schon die Missionierung der Friesen war ja ein recht mühseliges Unterfangen", erinnerte sich der Bischof wehmütig.
„Risikoreich und nicht unbedingt von besonderem Erfolg gekrönt", ergänzte Haupt und fügte spöttisch an:

„Der Hl. Bonifatius[18] könnte ein Lied davon singen.“
„Das scheint Sie ja zu amüsieren, Herr Haupt“, stellte der Bischof fest. „Wenn ich Sie so höre, überlege ich mir, ob die von der Hl. Inquisition[19] entwickelten Methoden im Umgang mit euch Ketzern nicht doch sehr probat waren, auch wenn sie, Torquemada[20] sei’s geklagt, heute leider aus der Mode gekommen sind! Doch zurück zu Ihrer Frage“, sagte er nach einer kleinen Pause. „Ich kannte Pfarrer Franzen gut und glaube, einen Suizid ausschließen zu können. Er war ein sehr gefestigter Diener unserer Kirche, der in seinem tiefen Glauben seine Erfüllung fand. Aber ein Mord an einem unserer Geistlichen, das ist ja schon schlimm genug für den Ruf der Gemeinde und unserer Kirche.“
„Ich kann mir den Grad Ihrer Besorgnis gut vorstellen, Herr Bischof“, unterbrach ihn Haupt. „Ich kann Ihnen versichern, dass wir selbstverständlich mit aller gebotenen, professionellen Diskretion bei unseren Ermittlungen zu Werke gehen werden.“

---

[18]Hl. Bonifatius, irischer Mönch, versuchte als Missionar die Friesen zum christlichen Glauben zu bekehren, machte dabei ca. 755 bei Dokkum (Friesland) sehr unglückliche Bekanntschaft mit einem Friesenschwert.
[19]Hl. Inquisition, 1542 gegründete Institution zur Bekämpfung der Ketzerei, aufgelöst 1965 durch Papst Paul VI., überzeugte durch ihre originellen, aber wirkungsvollen Methoden der Wahrheitsfindung.
[20] Tomás de Torquemada, Kastilischer Dominikaner, besonders erfolgreicher Großinquisitor der Spanischen Inquisition.

„Darum wollte ich bitten, Herr Kommissar Haupt“, bedankte sich der Bischof. „Vor allem, da es wohl, wie Kaplan Backes mir berichtete, Umstände gibt, die auf keinen Fall der Öffentlichkeit bekannt werden sollten. Ich kann mich da auf Sie verlassen?“
„Exzellenz, es gibt keinen Grund mit derartigen Details an die Öffentlichkeit zu gehen, so wie wir überhaupt schon aus ermittlungstaktischen Gründen nur im absolut notwendigen Maß von uns bekannten Fakten Dritten, z.B. Zeugen gegenüber Gebrauch machen. Und überdies können bislang auch nicht einschätzen, ob die von Ihnen erwähnten Umstände überhaupt im Zusammenhang mit dem Mord stehen.“
„Genau“, meinte Kesselschmied, „wir wissen ja überhaupt nicht, welche Umstände dazu geführt haben, dass sich dieses Zeugs da in seinem Schrank angesammelt hat.“
„Ja, vielleicht handelte es sich nur um ein Versehen oder er wollte das Material vom unbefugten Zugriff Dritter fernhalten. Und die Darstellung des unbekleideten menschlichen Körpers an sich ist ja auch ein Sujet, das sich durchaus vielfach und unschuldig in der bildenden Kunst wiederfindet[21] , denken wir mal an Michelangelo[22] oder die alten Griechen. Also, da

[21] Dieses Argument machte sich 2014 in einem vergleichbaren Fall der SPD-Bundestagsabgeordnete Sebastian Edathy zu eigen.
[22] Michelangelo Buonarroti, italienischer Maler, Bildhauer und Baumeister (1475 – 1564), seine berühmte Skulptur „David“ stellt den jungen Mann mit der Steinschleuder pudelnackig dar.

können wirklich viele Aspekte eine Rolle gespielt haben, die in keinem Zusammenhang mit Hochwürdens Heimgang stehen müssen."
Der Bischof registrierte das Verständnis für sein Anliegen derart dankbar, dass er die Ironie von Haupts Ausführungen völlig überhörte, vielleicht auch vor Erleichterung nicht hören wollte. Bei Haupt, da war er sich sicher, lagen die Ermittlungen in guten Händen, auch wenn der der falschen Religion angehörte, aber man hatte ja gelernt, sich mit den Lutherböcken[23] zu arrangieren, die nach dem Krieg ins katholische Rheinland gekommen waren und die religiöse Homogenität der Bevölkerung bedauerlicherweise unterminiert hatten.
„Vielen Dank, Herr Kommissar", sagte er. „Lassen Sie mich wissen, wenn es Neuigkeiten gibt. Ich wünsche Ihnen viel Erfolg und ich werde für Ihr Seelenheil beten. Auf Wiedersehen, Herr Haupt."
Haupt erwiderte den Gruß und legte auf. Nachdenklich betrachtete der das Portraitfoto seines Dienstherren, das über dem Sideboard hing, als ob der ihm helfen könnte. „Merkwürdig", sagte er vor sich hin, „wie besorgt alle um den guten Ruf der Kirche sind, für die Aufklärung des Mordes scheint man sich viel weniger zu interessieren."
„Deswegen kümmern wir uns ja darum", versuchte Joeres ihn aufzumuntern. „Ich habe mit dem Kaplan

[23] In eingeweihten katholischen Kreisen gebräuchliche Bezeichnung für Angehörige der Evangelischen Kirche

gesprochen. Er hat mir mitgeteilt, wer am Sonntag wahrscheinlich in der Sakristei gewesen ist, als die Flasche dort offen rumstand. Da sollten wir die Befragung angehen."
Joeres ging um seinen Schreibtisch herum, und legte Haupt einen Zettel vor, auf dem er die Namen notiert hatte. Er deutete auf den ersten Namen: Aurelius Zahm.
„Das ist der Organist", sagte er. „Zum Glück telefonisch zu erreichen in seiner Dienstwohnung. Die beiden nächsten sind die Messdiener, Hannes Brüggemann und Erich Winkler. Beide natürlich noch minderjährig. Da müssen wir die Eltern hinzuziehen. Die sind aber leider nicht telefonisch erreichbar. Da müssen wir persönlich hin."
„Wir könnten natürlich auch die Kollegen in Niersbrück bitten. Einen Termin ausmachen, das werden die doch wohl noch hinkriegen", schlug Haupt vor.
„Lieber wär's mir, ich mache das selber", wehrte Joeres ab. „Du weißt, wie das auf dem Dorf so läuft, wo quasi jeder mit jedem verwandt ist, und schon ist ein Wort zu viel gesagt."
„Dass da Gerede aufkommt, wenn wir jetzt weiter ermitteln, kannst Du ohnehin nicht verhindern, aber Du hast recht: Mach Du die Termine aus, die Vernehmungen machen wir dann zu zweit", stimmte Haupt seinem Mitarbeiter zu.
Die Adressen der beiden Messdiener waren durch einen Anruf beim Standesamt Niersbrück schnell

ausfindig gemacht. Sehr erstaunt hatte die Mitarbeiterin, Claudia Wachter, allerdings gefragt: „Wat will denn die Kripo bei denen? Ham die wat ausjefressen?“ Joeres hatte es auf der Zunge gelegen zu sagen: „Das geht Sie gar nichts an!“, hatte sich dann aber entschieden, sie höflich mit dem Hinweis „Reine Routineangelegenheit“ abzuspeisen.
Die beiden Messdiener wohnten im Blumenweg und auf der Heidestraße. Joeres nahm sich vor, die Familien am folgenden Morgen aufzusuchen. Mit dem Organisten, dessen Dienstwohnung in der Hospitalstraße lag, hatte er telefonisch einen Termin für den frühen Nachmittag des folgenden Tages vereinbart, „nach dem Mittagsschlaf“, wie Zahm es formuliert hatte.
Haupt und Joeres beschlossen, für heute Schluss zu machen und den Feierabend mit einem frischen Alt bei Schorsch und Kati einzuläuten.

VIII.

Am frühen Dienstagvormittag hatte sich Hans-Peter Joeres nach Niersbrück aufgemacht, um Termine für die Befragung der beiden Messdiener mit deren Eltern zu vereinbaren. Über die gut ausgebaute Landstraße war er Richtung Heiligacker gefahren, in einer Linkskurve vorbei an der dortigen Klosterschule, um wenig später nach rechts Richtung Niersbrück zu fahren, über den Flussübergang, der dem Ort den Namen gegeben hatte. Hinter der alten Schule bog er rechts ab in die Hospitalstraße, an deren Ende links in die Heidestraße und hatte das Haus der Familie Brüggemann auf der linken Straßenseite schnell gefunden. Zum Glück hatte er Hannes Mutter noch angetroffen, die gerade im Begriff war, aus dem Haus zu gehen.
„Wat is mit dä Jung?“ hatte sie erschrocken gefragt, als der Beamte sich ihr mit seinem Dienstausweis vorgestellt hatte.
„Nix is mit dem Jung“, hatte Joeres die aufgebrachte Frau zu beruhigen versucht, „wir untersuchen nur die Umstände, die zum Tod von Pfarrer Franzen geführt haben und da würden wir gerne wissen, ob ihm irgendetwas Besonderes während des Hochamtes oder in der Sakristei aufgefallen ist.“
Frau Brüggemann wirkte perplex. „Ja wie, is mit dem Tod vom Pfarrer wat nit in Ordnung?“, fragte sie erstaunt.
„Sehen Sie, das untersuchen wir ja gerade und dazu

brauchen wir die Hilfe Ihres Sohnes“, erklärte Joeres, „und ich möchte Sie auch dringend bitten, darüber vorerst mit niemandem sonst zu reden, außer Ihrem Mann und Ihrem Sohn natürlich. Sie wissen, wie schnell Gerüchte entstehen.“

„Isch bin doch kein Klatschweib“, empörte sich Frau Brüggemann. „Also, isch will da ersemal mit meinem Mann drübber reden, Polizei un so, dat is ja doch wohl eher Männersache. Isch jlaub nit, dat mein Mann möchte, dat isch dat mache. Mein Jott, un watt sollen die Leute denken, wenn bei uns die Kripo im Haus is? Wir sind doch keine Verbrecher.“

Joeres sah ein, dass er hier nicht weiterkommen würde. „Dann reden Sie mit Ihrem Mann und wenn es möglich ist, melden Sie oder Ihr Mann sich unter dieser Telefonnummer bei mir oder meinem Kollegen Haupt, damit wir einen Termin festlegen können. Das sollte aber schon bald sein“, sagte er, während er eine Visitenkarte aus seiner Brieftasche kramte.

Zum Glück gab es derartige Komplikationen beim Besuch bei der Familie Winkler im Blumenweg nicht. Zwar war auch Erichs Mutter Susanne Winkler überrascht über den Besuch des Kripo-Beamten, schien aber keine Probleme damit zu haben, was denn „die Leute denken könnten“ über einen Besuch der Kripo in ihrem Haus. „Selbstverständlich werden wir gerne versuchen, Ihnen zu helfen“, sagte sie bereitwillig, nachdem Joeres ihr sein Anliegen vorgetragen und erläutert hatte. „Der Erich kommt heute mit dem Bus um halb zwei aus der Schule, muss dann erst einmal essen, dann Schularbeiten erledigen, aber am späteren Nachmittag könnten Sie kommen. Dann muss heute eben mal das Fußballtraining ausfallen!“

Zufrieden machte sich Joeres auf den Rückweg nach Kappesbosch ins Präsidium. Das Programm für den Nachmittag stand. Erst der Küster, anschließend der Messdiener Nummer 1.

Als er ins Büro trat, sah Haupt von seinem Schreibtisch auf. „Gut, dass Du kommst“, sagte er. „Ich habe den vorläufigen Bericht von der Gerichtsmedizin. In kurzen Worten: Hochwürden starb an einer Überdosis des Giftes, das ihm mit dem Wein verabreicht wurde, bzw. die er mit dem Wein zu sich genommen hat, um es vorsichtig zu formulieren. Er muss wohl ziemlich qualvoll erstickt sein, wie mir Dr. Zanders berichtete.“

„Gut bzw. für ihn natürlich nicht gut, aber dann gibt es diesbezüglich wenigstens jetzt keine Zweifel mehr. Jetzt müssen wir nur noch klären, wie das Zeugs in die Flasche kam und wer es dort hineingekippt hat“, meinte Joeres trocken.

„Nichts leichter als das“, warf Haupt schmunzelnd ein. „Wir lassen uns doch nicht unsere blütenreine Aufklärungsquote vermiesen. Aber im Moment fehlt mir noch jede Idee, wer ein Motiv gehabt haben könnte.“

„Da fällt mir ein“, warf Joeres ein, „wen wir völlig aus den Augen verloren haben, ist die Schwester. Nicht, dass ich glaube, sie hätte als potenzielle Erbin automatisch ein Motiv. Wir wissen ja nicht einmal, ob es neben der Pornosammlung überhaupt einen nennenswerten Nachlass gibt oder ein Testament, in dem ein vielleicht ein anderer Erbe bestimmt wurde. Aber sie wird ihren Bruder ja gekannt haben und kann uns möglicherweise einen interessanten Hinweis geben. Ich kümmer‘ mich da mal drum.“

„Gute Idee“, bestätigte ihn sein Chef, „ich spring mal schnell in die Metzgerei rüber und hol‘ mir so ein Bratwurstbrötchen, damit ich den Nachmittag überstehe. Soll ich Dir was mitbringen?“

„Das ist nett, ich glaube, wenn der so ein Brötchen mit Leberkäse im Programm hat, sage ich nicht nein“, gab Joeres seine Order auf. „Sonst tut’s aber auch ein Schinkenbrötchen“, ergänzte er seine Bestellung.

Wenig später bereits saßen sie am Schreibtisch vor ihrer schnellen Mittagsmahlzeit. „Ich bin mal gespannt, ob und was wir heute Nachmittag Neues erfahren“, sagte Joeres.

„Ich auch“, brummte Haupt. „Ich meine, das Zeitfenster, in dem jemand das Gift in den Wein kippen konnte, ist doch verdammt klein. Die Flasche ist in der Sakristei geöffnet worden, der Franzen hat sich seinen Schoppen für die Kommunion abgefüllt und nach der Messe die Pulle mitgenommen. Das ist ein Zeitraum von vielleicht einer Stunde. Und der Personenkreis, der in dieser Zeit Zugang zur Sakristei hatte, ist ja übersichtlich. Oder es gibt den großen Unbekannten, der wie deus ex machina auftaucht.“

„Um Himmels Willen!“, empörte sich Joeres. „Der große Unbekannte. Das verstößt gegen sämtliche Regeln des Kriminalromans. Da kann man nicht einfach ein Kaninchen aus dem Hut zaubern. Der Leser muss den Täter von Anfang an kennen. Regel 1 des Detection Clubs[24] .“

„Oh, das hatte ich natürlich übersehen“, entschuldigte sich Haupt. „Dann eben nicht der große Unbekannte.“

Gegen 14 Uhr machten sich die beiden Kommissare auf den Weg, um pünktlich „nach dem Mittagsschlaf“ bei dem Organisten zu sein. Sein Haus in der Hospitalstraße war schnell gefunden. Drei Treppenstufen führten zu der soliden Holztür des Hauses. Joeres klingelte, kurz darauf kamen von innen Schritte auf die Türe zu.

„Kommen sie rein, meine Herren“, sagte der Hausherr, der, seinem Äußeren nach nichts anderes als Musiker oder Künstler sein konnte. Eine wilde, schwarzgraue Haarpracht umwallte den massiven Schädel und zu einer beigen Breitcordhose trug er einen anthrazitfarbenen Troyer. Er dirigierte die beiden Polizisten in einen kleinen, unaufgeräumten Raum, der offensichtlich als sein Büro diente.

„Entschuldigen Sie das Chaos hier, aber es bleibt eben

---

[24] Detection Club: Gruppe von Mystery-, Science-Fiction- und Kriminalautoren. Der Club wurde 1928 in London gegründet. Zu den 26 Gründungsmitgliedern gehörten u.a. Anthony Berkeley, Agatha Christie, Dorothy L. Sayers, Henry Wade und G.K.Chesterton. Entwickelte „Zehn Regeln für einen fairen Kriminalroman“.

manchmal das Eine oder Andere liegen! Wie das halt so ist“, ergänzte er.
Haupt erläuterte noch einmal den Grund ihres Besuches. „Ja, das hat mir Ihr Kollege bereits am Telefon erklärt“, entgegnete Zahm. „Natürlich bin ich gerne bereit, Ihnen zu helfen, soweit ich das eben kann.“
„Inzwischen steht es fest, dass Pfarrer Franzen an einer Dosis Gift starb, die in dem Messwein war, von dem er bekanntermaßen den Rest der geöffneten Flasche stets mit nach Hause nahm“, sagte Joeres jetzt, um seine früheren Informationen zu ergänzen. „Soweit wir die Vorgänge bis jetzt rekonstruieren können, muss das Gift während des Hochamtes in der Sakristei in die Flasche gefüllt worden sein. Waren Sie an jenem Morgen in der Sakristei, Herr Zahm?“
Der Organist blickte leicht betreten drein. „Was wollen Sie damit sagen?“, fragte er.
„Wir wollen damit gar nichts sagen, Herr Zahm“, beschwichtigte Haupt den Mann. „Wir möchten nur wissen, ob Ihnen vielleicht etwas aufgefallen ist, was anders war als gewöhnlich, ob Sie etwas bemerkt haben?“
„Nein“, Zahm schüttelte den Kopf, „wissen Sie, ich habe da eigentlich auch gar keine Aufgaben. Es zählt nur zu meiner Routine, mich vor dem Beginn der Messe noch einmal beim Pfarrer zu erkundigen, ob alles beim geplanten Ablauf bleibt, ob es Änderungen in der Liedauswahl gibt usw. usf. Und nachdem er mir bedeutet hatte, dass alles wie geplant laufen könne, bin

ich rauf an meinen Orgeltisch."
„Erinnern Sie sich, wer sonst noch in der Sakristei war?", fragte Haupt.
Zahm nickte. „Also, Pfarrer Franzen natürlich und dann die beiden Messdiener, der Hannes Brüggemann und der Erich Winkler."
„Sonst niemand?" fragte Joeres nach.
„Nein, sonst niemand! Sonst hätte ich es Ihnen doch bereits gesagt!", antwortete Zahm ein wenig unwillig.
„Und sonst ist Ihnen nichts aufgefallen? Der Wein, der dort rumgestanden haben könnte?", bohrte Joeres nach.
„Hören Sie, der Wein ist nicht mein Bier, darum kümmere ich mich nicht!", sagte der Organist. „Da habe ich wirklich nicht drauf geachtet. Und auch sonst, bevor Sie noch einmal fragen, ist mir nichts Außergewöhnliches aufgefallen. Beim nächsten Mord werde ich drauf achten." Und bevor einer der beiden Polizisten etwas erwidern konnte, bemerkte er: „Entschuldigung, aber das Ereignis hat auch meine Nerven etwas angegriffen, aber ich versuche vor der Messe mich stets auf meine Aufgaben zu konzentrieren. Ich bin Kirchenmusiker und kein Detektiv!"
„Herr Zahm, wir wissen ja, dass wir den Menschen mit unserer hartnäckigen Fragerei ganz schön auf den Wecker gehen können, aber es geht hier um einen Mordfall und da werden Sie es uns nachsehen, wenn wir nicht so schnell aufgeben. Dafür werden wir bezahlt!", erwiderte Haupt. „Eine weitere Frage hätte

ich. Wie war ihr Verhältnis zu Pfarrer Franzen?“
Zahm zog die Schultern hoch. „Ich würde sagen: korrekt!“
„Wie meinen Sie das?“, bohrte Haupt nach.
„Nun ja, er war der Pfarrer und ich der Organist. So wie ich ihn erlebt habe, lagen nach seinem Verständnis dazwischen Welten. Aber er wusste meine Arbeit zu schätzen, doch persönlich nähergekommen sind wir uns nie, nicht einmal ansatzweise. Unser Verhältnis erstreckte sich ausschließlich auf das Professionelle“, berichtete Zahm.
„Und hatte er Feinde? Können Sie sich vorstellen, wer ihm nach dem Leben getrachtet haben könnte?“, fuhr Haupt fort.
Zahm blickte kurz an die Decke. „Es fällt mir generell schwer, mir vorzustellen, dass man einem anderen Menschen nach dem Leben trachtet,“ begann er, um dann fortzufahren: „Er war jetzt sicher nicht der Seelsorger, der im Umgang mit den ihm anvertrauten Menschen jene Herzenswärme und Nächstenliebe verströmte, die sich viele von ihrem Pfarrer wünschen, aber das ist ja wohl noch lange kein Grund, einen Priester umzubringen.“
„Da haben Sie wohl Recht“, seufzte Haupt, „das Motiv müssen wir woanders suchen. Ich denke, wir sind auch vorläufig am Ende. Wenn Ihnen noch etwas einfällt, rufen Sie uns bitte an. Und erschrecken Sie jetzt bitte nicht: Wir benötigen von Ihnen noch Ihre Fingerabdrücke, nein, nicht weil wir Sie für den potenziellen

Täter halten, sondern um die Abdrücke, die wir in der Sakristei gefunden haben, abgleichen zu können mit denen, uns bekannt sind, um fremde Abdrücke herausfiltern zu können, so sie vorhanden sind."

Zahm willigte ein und entschuldigte sich noch mehrfach für seine ruppigen Antworten, als er seine Gäste zur Haustür begleitete. „Ich habe ganz vergessen, Ihnen etwas zu trinken anzubieten", stammelte er. „Sie müssen wissen, meine Frau ist nicht zu Hause. Sie begleitet zurzeit eine Pilgerfahrt nach Rom. Rund 2000 km mit dem Bus – eine Strecke. Dafür allein schon wäre ja die Absolution fällig. Ich hoffe, Sie werden den Täter oder die Täterin finden", versicherte er. „Das Ganze ist ja eine Katastrophe für unsere Gemeinde!"

Mit einem Händedruck verabschiedeten sich die Kommissare.

„Ein seltsamer Typ", brummte Haupt, als sie in ihrem Wagen saßen, „so richtig schlau werde ich aus dem nicht, jedenfalls nicht auf Anhieb", um sich dann einer naheliegenden, praktischen Frage zuzuwenden: „Wir haben noch gut eine Stunde Zeit bis zu unserem nächsten Termin. Was machen wir?"

„Es gibt hier in der Ortsmitte ein Café, die haben eine Spezialität, eine halbgefrorene, baiserartige Torte mit Schokoladensplittern, Grillage[25] nennt sich das, kalorienreich und gerade deswegen wahrscheinlich sehr

[25] Rezept im Anhang

gut, da könnten wir mal reinschauen", schlug Joeres vor. „Wenn wir schon beim Küster keinen Kaffee bekommen haben, weil Mutti auf Tour ist", fügte er schmunzelnd hinzu.
Ihren Wagen hatten sie auf dem Marktplatz abgestellt und gingen über die Hauptstraße auf das Café „Dourlac" zu. Offensichtlich die Nachfahren hugenottischer Flüchtlinge, wie Haupt für sich registrierte. In der Vitrine neben der Verkaufstheke lachte ihnen schon das Objekt ihrer kulinarischen Begierde entgegen: die Grillage-Torte, von der sie zwei Stück für den Verzehr im Café orderten, das im 1. Stock des Gebäudes lag.
Sie hatten Glück und fanden gleich einen Tisch an der Fensterfront des Raumes, von dem aus sie einen Blick auf die gegenüberliegende Kirche St. Blasius, das Elektrogeschäft Dorsch und den Marktplatz mit Sparkasse, Kaufhaus, diversen anderen Geschäften und einem kleinen Hotel hatten.
Bald schon stellte die Bedienung die wohlportionierten Tortenstücke vor ihnen ab, dazu den dampfenden Kaffee, wobei in der Karte ausdrücklich darauf hingewiesen wurde, dass es sich selbstverständlich um Filterkaffee handelte, der bei im Café „Dourlac" ausgeschenkt wurde. Und während sie sich freudig über die Torte hermachten, wurden sie Zeugen eines Gespräches, das sich am Nebentisch zwischen mehreren älteren Damen abspielte, die vermutlich alle die Achtzig überschritten hatten, dessen Inhalt sie aufhorchen ließ.
„Bertha", sagte die eine, „jarnix müssen wir der

Kirsche vererben. Die haben jenuch Jeld. Dat hät dä Pfarrer Franzen nur versucht, Dir einzureden, weil die den Hals nit vollkriejen. Von mir kriejen die nix!"
„Äwel Wisa", entgegnete die so gescholtene Bertha, „et es doch für de Kirsche. Un weei wollen doch all in de Himmel kumme."
„Nix da", erregte sich Wisa. „Ob isch in dä Himmel kumm, entscheidet nit dä Pastuur on enne Plaatz im Himmel kann mer sisch nit koope! Misch hät dä och anjesproake. Isch sullt bei der Fronleichnamsprozessiun enne schünere Altar vurem Huus opstelle on nit bloß ennen Disch mit en paar Blömkes. Da han isch vür dem jesoud: Dese Pomp hät use Herrjott nit jewollt. Do hät dä nix mihr jesoud."
Bertha wirkte entsetzt und beschloss, das Sujet in Anbetracht seiner disharmonischen Wirkung nicht weiter zu verfolgen und wechselt zu einem unverfänglichen Thema. „Hässe all jehüert, dat dä Verhoeven-Pit noch ens traue jeht?", fragte sie. „Däm woer doch die Frau jesturve, dat Müere-Tilda, dat hät jo Krebs jehad, on jetz hät dä en Neue, äwel die kenn isch nit, die is nit vun heei, die kütt, jlöw isch, vun Sötele. Sujet hiierot mr doch nit!"
Haupt sah entgeistert zu seinem Kollegen. „Verstehst Du das? Kannst Du mir das mal übersetzen? Ich habe nur mitgekriegt, dass es um die Kirche und den Pfarrer ging."
„Ich fass es kurz für Dich zusammen: Der Pastor hat es sich wohl angelegentlich sein lassen, alten Damen

ihr Geld abzuschwatzen“, übertrug Joeres das Gehörte ins Hochdeutsche. „Das wurde aber nicht von allen goutiert!“

„Na, das ist doch nichts Besonderes. Die Una Sancta Catholica und ihre Vertreter haben doch schon seit Ewigzeiten eine gnadenlose Hemmungslosigkeit an den Tag gelegt, wenn es darum ging, den Leute ihr Vermögen abzunehmen“, stellte Haupt fest. „Aus alter jesuitischer Tradition wissen wir ja, dass oft schon das Vorzeigen der Folterinstrumente enorm bei der Wahrheitsfindung hilft. Ein kurzer Hinweis auf den Verlust des ewigen Seelenheils …“

„… und schon war die Schenkungsurkunde unterschrieben, ganz freiwillig. Sobald das Geld im Kasten klingt, die Seele aus dem Fegefeuer springt [26]“, ergänzte Joeres den Gedanken seines Kollegen. „Aber ihr Lutherböcke seid ja nur neidisch, dass bei uns die Sünden vergeben werden und ihr sie mit euch rumschleppt bis ans Ende aller Tage“, fügte er schmunzelnd hinzu.

„Apropos“, sagte Haupt, „so ganz allmählich müssen wir uns mal wieder unserem aktuellen Verstoß gegen das 5. Gebot zuwenden. Wir wollen ja nach Möglichkeit die Gerechtigkeit nicht ausschließlich dem himmlischen Richter überlassen.“

---

[26] Frühneuzeitlicher Werbeslogan der Ablassprediger, die den Menschen im Auftrag der Kirche gegen entsprechende Spenden Entlassung aus dem Fegefeuer und Aufnahme in den Himmel versprachen.

Sie gaben der Bedienung ein Zeichen, dass sie zahlen wollten, lobten die Grillage-Torte in höchsten Tönen und versicherten, dass sie die Spezialität des „Café Dourlac“ empfehlen würden, wo immer es sich anböte, und verließen das Haus.

IX.

Familie Winkler bewohnte ein Einfamilienhaus im Blumenweg, der bebaut war mit typgleichen Häusern, die offensichtlich erst in den 50er Jahren gebaut worden waren, um neu zugezogenen Mitbürgern günstig ein Heim zu bieten. Zu dem Haus führte ein kleiner, gepflasterter Pfad durch einen gepflegten Vorgarten. Frau Winkler bat die Kommissare ins Wohnzimmer, in dem Erich schon offensichtlich neugierig auf sie wartete. Frau Winklers Aufforderung, auf dem Sofa Platz zu nehmen, folgten sie selbstverständlich, ihr Angebot, ihnen einen Kaffee zu machen, lehnten sie freundlich mit dem Hinweis auf den zurückliegenden Café-Besuch ab.
„Erich", eröffnete Haupt das Gespräch, „ich nehme an, Deine Mutter hat Dir erzählt, weswegen wir hier sind", was Erich durch ein kurzes Nicken bestätigte.
„Inzwischen steht fest, dass der Pfarrer an einer Dosis Gift gestorben ist, die in dem Rest des Messweines enthalten war, den er am Sonntag für die Kommunionfeier beim Hochamt in der Sakristei aufgemacht hatte", fuhr Haupt fort. „Du warst ja als Messdiener im Einsatz. Ist Dir an diesem Tag irgendetwas Ungewöhnliches aufgefallen, etwas das anders war als sonst? Eine fremde Person, die sonst nicht dort ist?"
Erich hatte aufmerksam zugehört und schüttelte den Kopf. „Nein", betonte er. „Da war nichts. Es war alles wie immer. Der Hannes, Hannes Brüggemann und ich

haben uns vorbereitet, den Weihrauch, die Bibel aufs Pult gelegt, halt, das, was wir immer machen, dem Pastor beim Anlegen seines Ornats geholfen. Wie immer eben!“
„Und sonst war niemand da?“ fragte Joeres nach.
„Doch“, sagte Erich, „der Herr Zahm, der Organist, kam kurz rein. Das macht er immer, um sicher zu gehen, dass nicht doch irgendwas im Ablauf anders ist, und er dann das falsche Lied anstimmt. Seit das einmal passiert ist, kommt der immer und fragt lieber noch mal nach. Aber sonst war keiner da – also außer dem Pfarrer natürlich.“
„Und was ist mit dem Wein? Wie läuft das ab?“, gab Haupt ein neues Stichwort.
„Oh, da kümmert sich der Pfarrer persönlich drum. Den dürfen wir nicht anrühren. Den füllt er sich selber in den Kelch und stellt die Flasche dann wieder in den Kühlschrank, in dem der Messwein aufgehoben wird“, berichtete Erich.
„Und das war auch an diesem Sonntag so?“
„Das war wie immer! Wie gesagt, da hatten wir nichts mit zu tun. ‚Da lasst ihr eure ungewaschenen Pfoten davon‘ hieß es immer, und da hätten wir uns auch nie getraut, was Anderes zu machen!“, unterstrich Erich.
„Aber ihr wusstet schon, dass er die Angewohnheit hatte, die angebrochene Flasche mit nach Hause zu nehmen und dort zu trinken?“, bohrte Joeres nach.
„Wir sind ja nicht blind und es war ihm auch wohl ein bisschen peinlich, als wir ihn mal mit der Pulle unterm

Arm auf dem Heimweg getroffen haben. Wir haben ein wenig gelästert, aber das war's dann auch. Das hat uns nicht länger beschäftigt! Und wir haben uns immer lustig gemacht, über den Namen auf der Flasche: Kröver Nacktarsch."

„Das kann ich mir gut vorstellen", sagte Joeres schmunzelnd. „War während der Messe irgendetwas anders als sonst?"

Erich schüttelte den Kopf. „Nein, alles war wie immer, da war wirklich nichts, oder sagen wir nichts, was ich bemerkt hätte!"

„Eine Frage noch, Erich, dann lassen wir Dich auch schon (fast) in Ruhe: Kann während der Messe jemand in die Sakristei?"

„Ach, theoretisch schon, aber das würden wir doch merken und die Tür nach draußen ist eigentlich immer zugesperrt, aber dafür ist der Pfarrer zuständig. Da kann ich nichts zu sagen, ob das an dem Tag auch so war. Aber normalerweise war da abgeschlossen", erklärte Erich.

„Wie alt bist Du, Erich?", fragte Haupt.

„13 Jahre, wieso?", gab Erich an.

„Und wo gehst Du zur Schule?"

„Ich bin auf dem Augustinum in Kappesbosch, Untertertia."

„Ah, das ist ja gleich bei uns, um die Ecke sozusagen. Du bist also noch recht jung. Trotzdem frag ich Dich jetzt mal: Wie kamt ihr mit dem Pfarrer zurecht? Kannst Du Dir vorstellen, warum jemand Pfarrer

Franzen ermordet haben könnte?"
„Mein Gott, der war halt fürchterlich steif, immer sehr auf seine Würde bedacht. Er war halt der Pfarrer unserer Gemeinde und wir nur die Messdiener."
Haupt hakte nach: „Und wer ihm nach dem Leben getrachtet haben könnte?"
„Da hab' ich ehrlich gesagt keine Ahnung, keine Idee! Warum macht man so was? Ich weiß es nicht!"
Die Beamten erklärten ihm und seiner Mutter, warum sie seine Fingerabdrücke abnehmen wollten, eine Prozedur, die Erich interessiert über sich ergehen ließ. „Darf ich auch mal eine Frage stellen?", sagte er diesmal fast schon etwas schüchtern.
„Na klar", antwortete Joeres.
„Sind Sie eigentlich immer bewaffnet, wenn Sie unterwegs sind?", wollte Erich wissen.
„Ja", bestätigte Haupt. „Das ist bei uns Einsatzvorschrift, weil ja immer mal etwas Unvorhergesehenes passieren kann."
„Und haben Sie die Waffen schon mal benutzen müssen?"
„Sagen wir mal so: Ich habe im Einsatz noch nie schießen müssen, zum Glück!" betonte Haupt und Joeres ergänzte: „Ich hab das Ding bislang zum Glück nur auf dem Schießstand zur Übung benutzen müssen. Toi, toi, toi, dass das auch so bleibt! War's das, was Du wissen wolltest?"
Erich bestätigte, dass seine Neugier fürs Erste befriedigt sei. „Ist sicherlich interessant, bei der Kripo zu

sein“, stellte er fest, was die Beamten bestätigten. „Die Gangster sorgen jedenfalls dafür, dass uns nicht langweilig wird, aber ob das gut ist, das ist halt die Frage!“
Erich lachte: „Da haben sie Recht!“
„Ein aufgewecktes Kerlchen“, stellte Joeres, als sie wieder im Auto saßen. Erichs Mutter hatte die beiden zusammen mit ihrem Sohn zur Türe geleitet. „Tut mir leid, wenn ich Ihnen nicht wirklich weiterhelfen konnte“, hatte Erich bedauernd gesagt.
Ein Eindruck, den auch die beiden Kommissare hatten. „Wirklich weitergebracht hat uns das wirklich nicht“, meinte Haupt. „Ich frage mich, ob wir auf der richtigen Spur sind. Ich meine, theoretisch käme als Täterin auch die Haushaltshilfe in Frage. Die hatte ja auch Zugang zu der Flasche.“
Joeres zögerte mit einer Antwort, da er am Marktplatz nach links in die Hauptstraße Richtung Heiligacker einbiegen musste. „Aber die hätte ihm doch das Gift ins Essen gemischt. Das wäre doch viel einfacher gewesen“, sagte er.
„Einfach kann jeder“, brummte Haupt. „Man muss sich die Latte auch mal ein bisschen höher legen … Ambitionen haben. Der perfekte Mord. Was weiß ich. Jedenfalls dürfen wir die Möglichkeit nicht aus dem Auge verlieren. Mal sehen, was die Befragung von diesem Hannes Brüggemann ergibt.“
„Die werden doch vermutlich schon miteinander gesprochen haben,“ vermutete Joeres.
„Davon geh‘ ich aus. Ich hatte vorhin den Eindruck,

dass das für den Jungen so ein bisschen Abenteuerspielplatz war. Die haben sozusagen eine Hauptrolle in einem Kriminalfilm."
Schweigend fuhren sie die Landstraße von Heiligacker Richtung Kappesbosch. „Kannst Du mich zu Hause absetzen?", schlug Haupt vor. „Ich lass meinen Wagen beim Präsidium stehen und komm morgen mit dem Fahrrad oder zu Fuß ins Büro."
„Na klar", sagte Joeres nur und bog kurz hinter der Ortseinfahrt nach rechts in den Lärchenweg ein, dann nach links ein in die Straße „Zum Grünen Winkel", wo er vor der Doppelhaushälfte hielt, in der Haupt mit seiner Familie lebte. „Schönen Abend und grüß die Deinen", rief Joeres seinem Chef hinterher, bevor er wieder anfuhr, um noch einen Abstecher ins Präsidium zu machen.
In ihrem Büro fand Joeres auf dem Schreibtisch seines Chefs eine Telefonnotiz von Petra Bronnen, der Sekretärin. Lothar Brüggemann, der Vater von Hannes, hatte angerufen und mitgeteilt, dass er mit seinem Sohn am Mittwoch ab 15 Uhr für ein Gespräch bereitstehen könnte. Falls die Beamten dieser Termin ungelegen käme, sei er unter der angegebenen Telefonnummer im Lager der örtlichen Textilmanufaktur bis 13 Uhr erreichbar.
„Na immerhin was", dachte sich Joeres, „dann war's das für heute." Sorgfältig verschloss er die Bürotür und machte sich auf den Heimweg ins wenige Kilometer entfernte Städtchen St. Anton.

X.

Die Vernehmung des Hannes Brüggemann am folgenden Tag stand unter keinem guten Stern. Die Beamten hatten entschieden, den Terminvorschlag anzunehmen, um weiteren, komplizierten Absprachen mit entsprechender Verzögerung aus dem Weg zu gehen.
Frau Brüggemann hatte ihnen auf ihr Klingeln hin geöffnet. „Kommense rein, kommense rein", dirigerte sie die Kommissare in den Hausflur. „Et muss ja nit jleich jeder sehen, dat de Polizei bei uns is", sagte sie, obwohl die Beamten natürlich nicht uniformiert waren. „Mein Mann und dä Hannes warten schon im Wohnzimmer", sagte sie, während sie voranging, um die Beamten in die gute Stube zu geleiten.
Als sie den Raum betraten, kam ihnen Herr Brüggemann entgegen. „Lothar Brüggemann", stellte er sich vor, „Kommense rein." Er streckte den Kommissaren, die sich ebenfalls vorstellten, seine Hand entgegen.
„Isch hab meinem Sohn schon jesaacht, dat er vernünftisch antworten muss, wenn Sie wat fraaren, sonst krischt er et mit mir zu tun. Komm her, stell Disch mal vor und jib den Herren die Hand", bedeutete er seinem Sohn, der offensichtlich völlig eingeschüchtert auf dem Plüschsofa unter dem kitschigen Bild eines „Stampfenden Schiffes in rauer See" saß.
„Isch war im Kriesch bei der Marine, Atlantikschlacht, da war isch dabei", sagte er zur Erklärung, als er die amüsierten Blicke der beiden Männer bemerkte.

Artig reichte Hannes den Beamten die Hand. „Setzen Se sisch doch“, deutete Brüggemann auf die beiden Sessel, die dem Sofa gegenüber standen, während er sich zu seinem Sohn pflanzte.
„Hannes“, begann Haupt seine kurze Einführung über Sinn und Zweck der Vernehmung, „Du weißt ja, dass Pfarrer Franzen tot ist. Er starb durch eine Dosis Gift, die er mit dem Rest der Flasche des Messweines zu sich genommen hat, der für das Hochamt verwendet wurde…“
„Äwel dat woer minne Jong nit, der dat Jift doa rinjedon het“, unterbrach ihn Lothar Brüggemann.
Haupt versuchte ruhig zu bleiben. „Lassen Sie mich bitte weitermachen, Herr Brüggemann“, sagte er und dann wieder an Hannes gewandt: „Du warst ja an diesem Tag als Messdiener im Einsatz. Für uns ist wichtig zu erfahren, ob es irgendetwas Außergewöhnliches an diesem Tag gab, ob Dir irgendetwas aufgefallen ist?“
Hannes sah seinen Vater fragend an, als ob er um dessen Einverständnis bat, jetzt antworten zu dürfen. „Du musst den Beamten saaren, wenn da wat woer, sons kannse wat erleben, dat weijse doch wohl“, lautete die väterliche Ermunterung, die ihre Wirkung nicht verfehlte.
„Da war aber nichts“, antwortete Hannes leise, verschüchtert, sich quasi entschuldigend. „Das war alles wie immer!“
„Denk nach!“, sagte der Vater scharf, bevor Haupt eingreifen konnte. „Herr Brüggemann, ist es möglich,

dass wir das Gespräch führen und Sie einfach nur zuhören?", schlug er dem Vater vor.
„Isch hab' et doch nur juut jemeint, man will ja nur helfen", gab der beleidigt zurück.
„Am meisten helfen Sie uns, wenn Sie Ihren Sohn einfach mal erzählen lassen", sagte Haupt, und dann wieder an Hannes gewandt: „Ihr habt euch also routinemäßig auf die Messe vorbereitet?"
„Ja", bestätigte Hannes, „der Erich und ich haben uns umgezogen, den Weihrauch vorbereitet und was so anfällt vor der Messe: Dem Pastor helfen beim Anziehen vom Messgewand, Weihrauch vorbereiten, Kerzen bereitlegen, Lesung vorbereiten, wie jedes Mal."
„Wer war außer euch noch in der Sakristei?", griff Joeres ins Gespräch ein.
„Der Herr Zahm ist kurz reingekommen. Das macht der immer, um noch mal nachzufragen, ob alles beim Plan bleibt. Sonst war keiner da!"
„Und der Messwein? Was ist damit?"
„Das macht der Pfarrer selber. Da hat er uns nie rangelassen, da hatten wir nie was mit zu tun. Ihr kommt noch früh genug mit Alkohol in Berührung, hat er immer gesagt."
„Euch war aber bekannt, dass er die Angewohnheit hatte, sich den Rest der Flasche mit nach Hause zu nehmen?", fragte Haupt weiter.
„Wir haben ihn nach der Messe mal getroffen, wie er mit der Flasche unterm Arm nach Hause ging. Ich glaube, das war ihm peinlich!"

„Dat muss däm nit peinlich sin, dat jeht euch Rotzlöffel doch jarnix an, wat dä Pfarrer macht!“, mischte sich Vater Lothar ins Gespräch.
Haupt sah zu ihm hinüber: „Herr Brüggemann, bitte halten Sie sich zurück!“, bat er Hannes‘ Vater und überhörte dessen Kommentar: „Is ja juut, isch sach ja schon jarnix mehr!“
„Und während der Messe, war da irgendetwas anders?“, wandte sich Haupt wieder an Hannes.
„Alles normal, alles wie immer.“
„Und da konnte auch keiner während der Messe in die Sakristei?“
„Nein, das hätten wir doch gesehen und die andere Tür ist stets verschlossen!“
„Hannes wir hätten noch eine andere Frage: Kannst Du Dir vorstellen, wer eine solche Abneigung gegen den Pfarrer hatte, dass er oder sie ihm Gift in den Wein getan hat?“, fragte Joeres.
„Wat heißt hier ‚Abneijung‘ jejen den Pfarrer‘“, explodierte Lothar Brüggemann. „Das war ein Mann der Kirsche, wir sind jute Katholiken. Warum fraaren Sie meinen Sohn sowat?“
„Herr Brüggemann, bitte lassen Sie Ihren Sohn unsere Fragen beantworten“, wies Haupt den aufgebrachten Vater zurecht. „Irgendwer muss wohl eine Abneigung gegen ihn gehabt haben, sonst wäre er wohl nicht vergiftet worden!“
„Ich kann Ihnen dazu nichts sagen“, sagte Hannes verschämt und mit Tränen in den Augen, durch das

Fenster in den Garten blickend, „ich weiß es nicht! Keine Idee!"
Haupts Erläuterungen, warum die Kripo Hannes' Fingerabdrücke benötigte, riefen wieder die Empörung des Vaters wach: „Fingerabdrücke? Soweit kommd et! Minne Sohn is doch jinneVerbrescher!" protestierte er lautstark und war erst nach weiteren, ausführlichen Erklärungen dazu zu bewegen, sein Einverständnis zu der Prozedur zu geben. Erleichtert verließen die Beamten am Ende das Brüggemann'sche Haus.
„Was für ein Granatenarschloch", stöhnte Haupt, als er sich in den Beifahrersitz ihres Dienstwagens fallen ließ.
„Der alte?", meinte Joeres, der am Steuer des VW-Käfers saß.
„Natürlich der alte!", entgegnete Haupt. „Der junge kann einem ja nur leidtun. Kein Wunder, dass der derart gehemmt ist, der arme Kerl."
„Jetzt ist mir auch klar, warum die Mutter unbedingt wollte, dass ihr Mann bei der Vernehmung dabei ist. Der hätte die doch zur Sau gemacht, wenn die es gewagt hätte …"
„Ja", unterbrach ihn sein Kollege, „und ich bin überzeugt, dass sich Hannes schon vor unserem Gespräch einiges von seinem Erziehungsberechtigen anhören durfte, so verschüchtert, wie der da auf dem Sofa saß. So klein, dass man ihn zwischen den Sofakissen kaum sehen konnte. Bei dem Alten kann man sicher sein, dass der den Begriff ‚Elterliche Gewalt' ziemlich

wörtlich nimmt. "
„Apropos Sofa: Der Alte hat sofort gemerkt, wie kritisch Du dieses wunderschöne Bild angesehen hast", bemerkte Joeres.
„Das war auch so ein Ding: ‚Atlantikschlacht, war ich dabei'", ahmte Haupt den Vater des Messdieners nach. „Ich war drauf und dran zu sagen: ‚Ardennenoffensive[27] , Hürtgenwald[28] – war ich dabei! - Aber ich schäme mich dafür'. Diese Typen, haben Europa und ihr eigenes Land in Schutt und Asche gelegt und sind offensichtlich auch noch stolz darauf. Ich versteh es nicht! Ich war 18, als ich 1944 direkt nach dem Abi noch zu Hitlers letztem Aufgebot geholt und an den Westwall kommandiert wurde. Ich konnte mich nicht dagegen wehren und bin ja auch mit dem Nationalsozialismus groß geworden, bin quasi meine gesamte Schulzeit nationalsozialistisch indoktriniert worden. Aber ich habe wenigstens meine Lehren daraus gezogen und bin nicht auch noch stolz darauf, ‚dabei gewesen zu sein', bei den unsäglichsten Verbrechen, die die Welt je gesehen hat."
„Dir ist aber schon klar, dass da in unseren Reihen auch noch der ein oder andere untergekommen ist, der

---

[27] 16.Dezember 1944 – 21. Januar 1945: Versuch der Deutschen Wehrmacht, mit einer Gegenoffensive im Westen die US-Armee zurückzudrängen. Scheiterte nach Anfangserfolgen unter hohen Verlusten auf beiden Seiten.
[28] Hürtgenwald (Eifel): Hier fanden zwischen Oktober 1944 und Februar 1945 schwere Kämpfe zwischen der US-Armee und der Deutschen Wehrmacht statt.

sich ‚seinerzeit‘ auch nicht unbedingt mit Ruhm bekleckert hat, um es mal vorsichtig auszudrücken“, wandte sein jüngerer Kollege ein.
„Ach was, eigentlich waren ja, zumindest hinterher, alle von Anfang an dagegen und ‚das mit den Juden‘ hat natürlich keiner gewusst. Aber mal im Ernst: Mir ist schon klar, dass viele von der Gestapo nahtlos in die Polizeikräfte der neuen deutschen Republik übernommen wurden nach fadenscheinigen Entnazifizierungsprozessen.“ Haupt schnaufte tief durch: „Entschuldige, ich habe mich jetzt ein wenig erregt und gehen lassen, aber ich weiß mich im Kreise der in Frage kommenden Kollegen durchaus zurückzuhalten.“
„Na, da bin ich ja beruhigt“, sagte Joeres grinsend. „Du warst ja ganz schon auf 180!“
„Glaub mir, das regt mich auf“, sagte Haupt. „Aber ebenso regt mich auf, dass wir durch dieses Gespräch nicht einen Schritt weiter gekommen sind. Ich frage mich, ob es nicht sinnvoll wäre, mit dem Jungen, der mir ja ganz vernünftig erschien, mal ohne seine Eltern zu reden, auch wenn das jetzt nicht 100%ig korrekt sein sollte. Wir könnten ihn ja zufällig treffen.“
„Hin und wieder passiert sowas ja“, meinte Joeres trocken. „Warum nicht auch in unserem Fall?“ Er bog auf dem Parkplatz des Präsidiums ein.

XI.

Als die Kommissare in ihr Büro gehen wollten, überraschte Petra Bronnen sie auf dem Flur. „Die Gemeindeschwester hat angerufen“, verkündete sie. „Sie hat die Adresse von der Schwester des Pfarrers durchgegeben. Ihr hattet sie wohl darum gebeten. Ich hab Euch die Adresse aufgeschrieben. Zettel liegt auf Deinem Schreibtisch, Ole!“

„Oh, prima“, bedankte sich Haupt. „Hast Du mal nachgesehen, ob die telefonisch zu erreichen ist?“

„Ist sie. Die Nummer steht auch auf dem Zettel. Die Haushälterin hat sie wohl schon informiert, wenn ich das richtig verstanden habe.“

„Gut, dann ruf ich die gleich mal an!“

Flotten Schrittes eilten die beiden in ihr Büro. Haupt warf einen Blick auf die Telefonnotiz: „Elvira Renken“, las er, „Eschweiler, Ulmenweg 37 und die Telefonnummer. Dann lass uns doch mal sehen, ob die uns irgendwie weiterhelfen kann.“

„Guten Tag, Herr Kommissar“, sagte Frau Renken, als Haupt sich gemeldet hatte. „Ich hab schon mit Ihrem Anruf gerechnet, nachdem Schwester Agnes mich informiert hat. Es geht ja auch um die Beerdigung. Ja, das ist ja eine schlimme Sache mit meinem Bruder.“

„Liebe Frau Renken“, begann Haupt das Gespräch, „wie Sie wissen, ist Ihr Bruder ja nicht eines natürlichen Todes gestorben und wir suchen den schuldigen Täter, da wir von einem Tötungsdelikt ausgehen.

Dabei ist es wichtig, herauszufinden, was das Motiv für diese Tat gewesen sein könnte. Uns hilft dabei sehr, wenn wir uns ein möglichst genaues Bild des Opfers machen können. Sie sind ja seine Schwester. Mögen Sie uns sagen, wie Ihr Verhältnis zu Ihrem Bruder war? Was war er für ein Mensch?"
„Ach, wissen Sie Herr Kommissar", seufzte Frau Renken, „das ist schwierig! Sehen Sie, als Johannes geboren wurde, war ich ja schon neun Jahre alt, unsere ältere Schwester Irene schon elf. Wenn man so will, sind wir quasi gar nicht miteinander aufgewachsen sondern nacheinander. Als er fünf wurde, da bin ich schon in die Lehre gegangen, als Kontoristin. Und mit zweiundzwanzig hab ich dann meinen Mann geheiratet. Und er durfte ja Abitur machen und hat dann studiert, erst in Münster und dann in Aachen …"
„Also war ihr Kontakt als Kinder und Jugendliche nicht sonderlich eng", unterbrach Haupt den Bericht der älteren Dame, um ihr ein neues Stichwort zu geben: „Und wie war das in den späteren Jahren?"
„Ja, was soll ich da sagen? Man hat sich angerufen, zu den Geburtstagen, zu den Feiertagen. Aber keiner von uns hat einen engeren Kontakt gesucht. Wir lebten ja auch, wenn man so will, in verschiedenen Welten: Wir waren ja nur einfache Leute und er war ein studierter Mann, ein Diener der Katholischen Kirche. Er war ja von Jesus als Priester ‚gerufen und erwählt'. Sagen wir mal so: Wir waren zwar verwandt, aber wir standen uns nicht wirklich nahe." „Damit will ich nicht

sagen, dass mir sein Tod nicht leid tut, verstehen Sie mich nicht falsch!“, fügte sie hastig hinzu, erschrocken darüber, wie missverständlich ihre Bemerkung unter Umständen aufgenommen werden könnte.

„Keine Angst“, beruhigte Haupt die Frau. „Wir verstehen das nicht falsch. Das ist ja manchmal so in den Familien. Wenn Sie jüngerer Zeit mal Kontakt zu Ihrem Bruder hatten, war er da irgendwie anders als früher, ist Ihnen da irgendetwas aufgefallen?“

„Nein, da ist mir nichts aufgefallen und wir haben uns auch seit der Beerdigung unserer Schwester Irene nicht mehr gesehen. Die ist ja gemeinsam mit ihrem Mann 1957 nach einem Pfingstausflug nach Maria Laach auf dem Rückweg bei einem Autounfall ums Leben gekommen. Wahrscheinlich war ihr Mann am Steuer eingeschlafen, alkoholisiert, sagte die Polizei. So kann es manchmal kommen …“

Haupt wurde unruhig und er verdrehte theatralisch die Augen. Er versuchte, zum Thema zurückzukommen, bevor Frau Renken weiter abschweifen konnte: „Es könnte sein, Frau Renken“, sagte er, „dass Sie die einzige Erbin Ihres Bruders sind. Wir haben kein Testament bei ihm gefunden. Beim Amtsgericht war auch keine Nachlassregelung hinterlegt und bei der Notarkammer auch nicht. Ist Ihnen bekannt, ob er ein Testament errichtet hat?“

„Davon weiß ich nichts! Ich will auch gar nichts haben. Mein Mann und ich wir haben jeder unsere Rente, für die wir über 40 Jahre gearbeitet haben, das Haus

ist bezahlt und wir kommen zurecht."
„Liebe Frau Renken", sagte Haupt, „das freut mich für Sie. Selbstverständlich kann man ein Erbe, so es denn was zu erben gibt, das haben wir noch nicht feststellen können, auch ausschlagen. Dann erbt, wenn nichts anderes bestimmt ist, der Staat. Also, das können Sie sich ja nochmal überlegen. Aber wenn ein Testament vorhanden wäre, könnte Ihr Bruder ja auch einen Dritten begünstigt haben. Und manchmal finden wir da ja ein Motiv. Aber Sie wissen von keinem Testament. Sie haben auch nie mit Ihrem Bruder darüber gesprochen?"
„Nein, haben wir nicht!", bestätigte die Frau. „Er hat mich nur vor etlichen Jahren, richtig bei der Beisetzung unserer Schwester angesprochen, ob wir, also mein Mann und ich, nicht die Kirche als Erben einsetzen wollten, für die Missionierung der Heidenkinder[29], aber wir haben doch unsere eigenen Kinder – und viel gibt es bei uns ohnehin nicht erben."
Haupt verzichtete auf einen Kommentar. „Liebe Frau Renken", schloss er das Gespräch ab, „vielen Dank, dass wir mit Ihnen reden konnten. Wir werden sicher noch einmal auf Sie zukommen. Der Leichnam ist ja noch nicht zur Bestattung freigegeben, aber das passiert sicherlich in den kommenden Tagen. Also, vielen Dank nochmal und einen schönen Abend."
„Ihnen auch einen schönen Abend!", wünschte Luise

[29] Heute politisch korrekt: Heid*Innenkinder

Renken dem Kommissar.
„Ich weiß nicht“, sagte Haupt nachdem er den Hörer aufgelegt hatte, „aber der Kerl wird mir immer unsympathischer. So wie sich das angehört hat, scheint er ja die Nase ziemlich hoch getragen zu haben. Gegenüber den eigenen Geschwistern. Und dann seinen eigenen Nichten oder Neffen das Erbe vor der Nase wegschnappen zu wollen. Ein besonders fürsorglicher Onkel!“
Joeres grinste: „Jetzt übertreibst Du aber“, meinte er spöttisch. „So eine Beerdigung ist doch eine prima Gelegenheit, an die Endlichkeit des irdischen Daseins zu erinnern, gerade als katholischer Geistlicher. Da sind doch die Teilnehmer sicherlich besonders empfänglich für den Gedanken umfassender Vorsorge.“
„Mit solchen Bemerkungen setzt Du Dein ewiges Seelenheil aufs Spiel, mein Lieber“, bemerkte Haupt. „Da hilft bald auch kein längerer Aufenthalt im Fegefeuer[30] mehr. Lass uns Feierabend machen für heute! Ich habe das Gefühl, wir treten auf der Stelle. Manchmal hilft es ja, einfach mal drüber zu schlafen.“

[30] Fegefeuer: Ignis purgatorius oder Purgatorium, Ort zur Läuterung der Seele vor der Aufnahme in den Himmel

XII.

Zumindest die Frage, wer Erbe des heimgegangenen Johannes Franzen sein könnte, war bald beantwortet. Einen Tag, nachdem die Kirchenzeitung für das Bistum Aachen mit der Todesanzeige für den Pfarrer der Gemeinde St. Blasius erschienen war, rief Schwester Agnes den Hauptkommissar in seinem Büro an. Der Prokurator der Ordensprovinz der Steyler Missionare[31] , Anselm Nothelfer , habe sich im Pfarramt St. Blasius gemeldet. Ihm liege, so habe er mitgeteilt, ein notariell beglaubigtes Testament des Verstorbenen vor, in dem dieser die Soverdia gGmbH, ein gemeinnütziges Wirtschaftsunternehmen seines Ordens, als Erben eingesetzt habe. In dem Dokument seien, so teilte Schwester Agnes mit, nach den Worten des Prokurators auch die Konten und das Wertpapierdepot des Pfarrers verzeichnet, über die der Verstorbene bei der Pax Bank[32] verfügte.

„Dann wäre das schon mal geklärt", sagte Haupt über den Tisch zu seinem Kollegen Joeres. „Leider kein Erbe für Frau Renken und uns bringt es leider nicht weiter, da ich nicht annehme, dass wir bei den Ordensbrüdern nach einem Motiv suchen müssen,

---

[31] Steyler Missionare: Ordensgemeinschaft, eigentlich Gesellschaft des Göttlichen Wortes (Societas Verbi Divini)

[32] Pax Bank eG: genossenschaftlich organisierte, christliche Bank. Gegründet wurde die Bank als Selbsthilfeorganisation von Priestern für Priester am 18. Oktober 1917 in Köln.

obwohl – man weiß ja nie…"
„Das sehe ich auch so. Es ist bei denen nicht zu vermuten, dass die auf diese Weise einem akuten Liquiditätsbedarf abhelfen mussten", pflichtete ihm sein Kollege bei.
Haupt drückte sich aus seinem Schreibtischsessel hoch. „Ich schau mal nach, ob Petra einen Kaffee auf dem Feuer hat und dann tragen wir mal zusammen, was wir wissen, was hältst Du davon?" wandte er sich an seinen Kollegen.
„Für mich schwarz bitte", gab der zurück.
Mit zwei Bechern Kaffee kehrte Haupt aus dem Büro der Sekretärin zurück. „Wir haben Glück gehabt, dass wir noch was bekommen haben. Ich habe einen ordentlichen Anschiss bekommen: Wir sollen mal wieder was in die Kaffeekasse einzahlen, sonst gäb's in Zukunft nichts mehr. Also rück mal ‚nen Zehner raus, hab ich für Dich ausgelegt", frozzelte er seinen Kollegen an.
Joeres fummelte umständlich an seinem Jackett herum, das er über die Stuhllehne gehängt hatte, zog sein Portemonnaie aus der Innentasche und fingerte einen Zehn-Mark-Schein heraus. „Vielen Dank für Dein Vertrauen in meine Kreditwürdigkeit, Chef", sagte er, als er den Schein über den Tisch zu Haupt hinüberschob.
Mit einem „Aber klar doch" nahm der den Schein entgegen. „Wir sollten mal unsere Kandidaten zusammenstellen", schlug er vor. „Lass uns mal eine

Übersicht machen. Viele sind es ja nicht!"
„Da wäre als erste mal die Haushälterin", sagte Joeres, während er „Sr. Agnes" auf ein DIN-A-3 – Blatt schrieb. Dahinter: Gelegenheit +, Motiv?
„Der nächste wäre der Organist," ergänzte Haupt. „Schreib mal den Zahm auf. Bei Gelegenheit kannst Du auch ein Fragezeichen machen, denn der war ja nur kurz in der Sakristei und während der gesamten Messe an seinem Orgelpult. Eher unwahrscheinlich, dass der während der Messe heimlich runtergeschlichen ist und unbemerkt in die Sakristei kommen konnte. Mal abgesehen von dem Motiv, bei dem Du ebenfalls ein Fragezeichen machen kannst."
„Was machen wir mit den beiden Messdienern? Klar, die Gelegenheit könnten beide gehabt haben, aber eigentlich nur zusammen, sonst hätte doch jeder den anderen beobachten können? Und wie realistisch wäre das?" Joeres zog fragend die Schultern hoch. „Ich meine, die sind Messdiener? Warum sollten die den Pfarrer umbringen? Und die sind beide gerade mal 13 Jahre alt. Die haben doch noch Respekt vor einem Diener des Herrn. Sonst wären sie doch nicht Messdiener."
„Naja, der Respekt könnte auf irgendeine Weise gelitten haben. Denk mal an Hochwürdens seltsame Lektüresammlung, aber es ist natürlich nur schwer vorstellbar, dass die von seinen literarischen Vorlieben gewusst haben. Aber auch deswegen bringt man ja niemanden gleich um, egal ob Pfarrer oder nicht."

„Also auch bei den beiden Gelegenheit: ja, Motiv: dickes Fragezeichen“, stellte Joeres fest und dokumentierte dies auf seiner Übersicht.
„Was ist eigentlich mit dem Kaplan“, warf Haupt ein. „Ich denke, der hat doch mit Sicherheit auch einen Schlüssel für die Außenpforte und hätte während der Messe ungesehen in die Sakristei eindringen können.“
Joeres zog die Augenbrauen hoch und die Mundwinkel herunter. „Wir könnten ihn nach dem Schlüssel fragen. Aber wenn er sich tatsächlich heimlich reingeschlichen hätte, würde er es uns wohl kaum auf die Nase binden, achtes Gebot[33] hin oder her. Und auch bei ihm stellt sich natürlich die Frage: Welches Motiv sollte er gehabt haben?“
„Ich denke, wir werden jetzt erst einmal unseren Chef auf den neuesten Stand bringen und dann gemeinsam überlegen, wie wir weitermachen…“
„Tja“, sagte Joeres nachdenklich, „wie heißt es so schön in dem alten Kirchenlied? ‚Komm Schöpfer Geist, kehr‘ bei uns ein‘[34] . Das würde uns wahrscheinlich weiterhelfen.“
„Und irgendwo heißt es dort doch auch: ‘O Finger Gottes, der uns führt‘ – So einen Fingerzeig Gottes, den könnten wir wirklich dringend brauchen“, seufzte Haupt.

---

[33] 8. Gebot: Du sollst kein falsches Zeugnis reden wider Deinen Nächsten.
[34] Veni creator spiritus: Lateinischer Hymnus aus dem 9. Jahrhundert.

XIII.

Mit großer Sorgfalt hatte Kaplan Benedikt Backes die Worte für seine Predigt gewählt, die er nolens volens[35] als Platzhalter des verblichenen Pfarrers am Sonntag würde halten müssen. Abweichend vom liturgischen Kalender hatte er sie aus gegebenem Anlass dem Thema „Das 5. Gebot“ gewidmet, ohne dabei den Beisetzungsfeierlichkeiten für Hochwürden vorgreifen zu wollen, aber für die fehlte ja noch die Freigabe des Leichnams.

Er blickte auf das Blatt vor sich. Die Worte „Du sollst nicht töten“ hatte er mehrfach unterstrichen. Darunter hatte er notiert:

„Dieses Gebot ist ein Aufruf zum Schutz des menschlichen Lebens. Es verbietet uns, das Leben eines anderen Menschen zu nehmen. Es ist ein Gebot, das uns daran erinnert, dass jedes Leben wertvoll ist und dass wir es schätzen und schützen sollten.

Es gibt viele Gründe, warum Menschen töten. Manchmal geschieht es aus Wut oder Hass, manchmal aus Angst oder Verzweiflung. Aber unabhängig von den Gründen ist das Töten eines anderen Menschen immer falsch. Es ist ein Akt der Gewalt, der das Leben eines anderen Menschen zerstört und das Leben derer, die ihn lieben, für immer verändert.

Der gewaltsame Tod unseres Bruders in Christo,

---

[35] Nolens-volens: wohl oder übel

Johannes Franzen hat unser Leben für immer verändert, das Leben unserer kirchlichen Gemeinde, das Leben der Gemeinde Niersbrück und das Leben jedes Einzelnen von uns. Nicht nur dies: auch das Leben des schuldigen Täters oder der schuldigen Täter, der vielleicht sogar unter uns ist, die vielleicht sogar unter uns sind. Auch sein oder ihr Leben wird nie mehr so sein, wie es vor der Tat war. Der Gedanke an ihre Tat wird ihr Gewissen und ihre Seele quälen, das Bild des grausamen Todes von Pfarrer Johannes Franzen wird dauerhaft vor ihren Augen bleiben.
Unser Pfarrer Johannes Franzen hatte sein Leben der Aufgabe gewidmet, Gott den Menschen näher zu bringen, ihnen die Liebe Gottes zu verkünden und zu erklären. Ein besonderes Anliegen war ihm stets die Missionierung der Heiden, vor allem der Heidenkinder, in Afrika. Ihnen die Botschaft unseres lieben Herrn Jesus Christus zu verkünden, dafür hat er sich in besonderem Maße eingesetzt.
Wir fragen uns, warum konnte diese abscheuliche Tat geschehen? Wie konnte ein Mensch auf einen solchen Abweg geraten, dass er einem Diener des Herrn, einem Priester unserer Kirche das Leben nahm?
Das 5. Gebot fordert uns auf, das Leben anderer zu respektieren und zu schützen. Es fordert uns auf, uns für unsere Mitmenschen einzusetzen, einander zu vergeben und uns gegen Gewalt zu stellen. Wir sollten uns bemühen, Konflikte nicht mit Gewalt, sondern friedlich zu lösen und uns für die Bedürfnisse und

Rechte unserer Mitmenschen, ob groß oder klein, ob jung oder alt, einzusetzen."
Nachdenklich schaute der Kaplan von seinem Schreibtisch aus in den Pfarrgarten auf den blühenden japanischen Kirschbaum, als erwartete er von dort neue Inspiration. Waren seine Worte eindringlich genug? Könnten sie im Zweifel auch den schuldigen Täter erreichen, so dass er sich den Behörden stellen würde?
Backes stand auf, ging um den Schreibtisch. Er öffnete das Fenster und atmete tief durch. Gab es Menschen in seinem Umfeld, im Umfeld des Pfarrers, denen er eine solche Tat zutraute? Er versuchte sich gegen diesen Gedanken zu wehren. Eigentlich sollte es sie nicht geben und das wäre ja auch das, was man am liebsten sagen würde. Dennoch kannte er viele brave, biedere Familienväter, die jeden Sonntag fromm die Kirchenbänke drückten und dennoch wenige Jahre zuvor mordend, plündernd, brandschatzend und vergewaltigend mit Hitlers entmenschlichter Soldateska durch Europa gezogen waren oder tatenlos zugesehen hatten, wie ihre jüdischen Mitbürger abgeholt wurden, ja dies bisweilen sogar mit klammheimlicher Freude beobachtet hatten. Taten, die man ihnen, wenn man sie so harmlos erlebte, nie zugetraut hätte. Nur wenigen wurde ihre Schuld derart zur Seelenlast, dass sie wie der ehemalige Bürgermeister der Gemeinde Niersbrück, Dr. Daniel Dückers, ihrem Leben ein Ende setzten. Viele andere, die meisten, legten nicht einmal auch nur die

Spur eines schlechten Gewissens an den Tag. Backes beschloss, vorsichtig in seinem Urteil zu sein.
Ein Anruf riss den Kaplan aus seinen Überlegungen. Er schloss das Fenster und ging zügig zurück an seinen Schreibtisch. Die Stimme am Telefon kündigte seine Exzellenz Bischof Kesselschmied an, der sich unmittelbar danach meldete. Dessen Gesprächseröffnung ließ den Kaplan ahnen, dass er sich in den kommenden Minuten auf seifigstem Parkett bewegen würde.
„Laudetur Jesus Christus[36] , mein lieber Benedikt", flötete seine Exzellenz.
„In Ewigkeit - Amen", murmelte der Kaplan.
„Mein lieber Benedikt", wiederholte die Exzellenz einschmeichelnd, „ich denke, Sie werden sich schon Gedanken gemacht haben, wie wir den Heimgang unseres lieben Bruders in Christo am Sonntag bei der Heiligen Messe behandeln?"
„Selbstverständlich Exzellenz", beeilte sich Backes zu versichern. „Ich habe eben letzten Schliff in meine Predigt gebracht, die sich mit der umfassenden Bedeutung des 5. Gebotes befassen wird."
„Des 5. Gebotes?" Der Bischof schien erstaunt. „Wieso des 5. Gebotes? Die Ermittlungen sind doch, wie mir scheint, noch gar nicht abgeschlossen! Wollen wir wirklich den Ergebnissen vorgreifen? Damit würden wir doch weitere Spekulationen nur anheizen."

---

[36] Gelobt sei Jesus Christus!

„Die Ermittlungen, Exzellenz, scheinen sich nach meinem Kenntnisstand mehr auf das ‚Wer und Wie' zu konzentrieren als auf das ‚Ob'", entgegnete der Kaplan. „Und die Spekulationen sind doch bereits in vollem Gange. Das ist doch in so einer kleinen Gemeinde gar nicht zu verhindern. Hier wird doch allenthalben getuschelt. Das findet nicht einmal mehr hinter vorgehaltener Hand statt. Die Messdiener sind befragt worden, deren Eltern. Die behalten das doch nicht für sich. Die reden doch darüber. Die Vorgänge im Pfarrhaus wurden doch auch wahrgenommen. Das ist Stadtgespräch. In den Zeitungen stand es doch auch schon. Augenblick, ich lese Ihnen das kurz vor". Backes zog den „Grenzland-Boten" von seinem Poststapel. „Hier steht es: ‚Niersbrück (MS). MS – das Kürzel steht für Manfred Strauch, den lokalen Korrespondenten des Blattes," erklärte Backes kurz, um dann fortzufahren: „Im Fall des verstorbenen Pfarrers der Gemeinde St. Blasius in Niersbrück, Johannes Franzen, (wir berichteten) hat die Kriminalpolizei Kappesbosch Ermittlungen zur Klärung der Todesursache aufgenommen. Einzelheiten zum Stand der Ermittlungen könne man zum gegenwärtigen Zeitpunkt noch nicht mitteilen, teilte die Pressestelle der Polizei Kappesbosch mit.'"
„Wie die Zeitung richtig schreibt: Es wurden Ermittlungen aufgenommen. Mehr nicht!", unterbrach ihn der Bischof. „Es könnte sich also im Laufe der Untersuchungen doch herausstellen, dass es sich um eine

tragische Verkettung unglücklicher Umstände gehandelt hat, die zum Tod unseres lieben Glaubensbruders geführt hat. Da wäre es doch geradezu fahrlässig, schon jetzt ein Ergebnis mitzuteilen, das den Feststellungen der Polizei weit vorauseilt."
Der Kaplan räusperte sich ungläubig. „Ich würde Ihre Worte aber, Exzellenz, sicherlich falsch interpretieren", tastete er sich behutsam vor, „wenn ich darin die Genehmigung zu einem - sagen wir – großzügigen, sehr flexiblen Umgang mit dem 8. Gebot sehen würde?"
„Das 8. Gebot[37] enthält doch keineswegs die Aufforderung, immer und unter allen Umständen die Wahrheit zu sagen. Das muss ich Ihnen als Priester doch wohl nicht erklären!", belehrte ihn der Bischof fast schon ein wenig ärgerlich. „Wie oft klaffen Wirklichkeit und Ideal auseinander? Selbst Erzvater Abraham forderte seine Frau zum Lügen auf, dazu, sich als seine Schwester auszugeben, damit die Ägypter ihr nichts antäten[38] . Petrus leugnete, Christus zu kennen.[39]"
Bedeutungsvoll legte er nach: „Wenn es darum geht, den guten Ruf unserer Mutter Kirche zu wahren, ist von ihren Dienern gelegentlich schon mal eine gewisse gedankliche und durchaus auch moralische Elastizität gefordert, mein lieber Benedikt. Und wenn

[37] Exodus 20,16
[38] Genesis 12,12
[39] Markus 14, 66-72, Matthäus 26, 69-75, Lukas 22, 56-62, Johannes 18, 15-18 und 25-27

Sie ein schlechtes Gefühl dabei haben, dann bitten Sie den Hl. Blasius hinterher um eine gute Beichte. Wie heißt es im 1. Johannesbrief: ‚Wenn wir aber unsere Sünden bekennen, dann erfüllt Gott seine Zusage treu und gerecht: Er wird uns unsere Sünden vergeben und uns von allem Bösen reinigen‘[40] . Im Übrigen habe ich Sie nicht angerufen, um mit Ihnen theologische Debatten zur Auslegung des 8. Gebot zu führen, sondern wir müssen zusehen, wie die Umstände, die zum Tod von Pfarrer Franzen führten, nicht den Ruf unserer Kirche besudeln."

Der Kaplan wagte einen neuen Vorstoß. „Ich denke, wir sollten in unsere Darstellung einbeziehen, was ohnehin öffentlich bekannt ist, Exzellenz", sagte er beschwörend. „Das kann doch die Glaubwürdigkeit unserer Kirche, das Vertrauen in sie nur stärken. Wenn wir uns allzu sehr vom Offensichtlichen entfernen, schüren wir doch nur neue Spekulationen. Gerade das wollen wir doch vermeiden. Je schneller wir mit dem Fall abschließen, desto eher wird sich das Gerede wieder anderen Themen zuwenden."

„Sagen Sie mal, Benedikt", fragte der Bischof verwundert, „waren Sie eigentlich auf der Jesuitenschule? So wie Sie daher argumentieren, würde mich das nicht wundern. Natürlich können wir uns in unseren Einlassungen zum Thema nicht allzu sehr von den öffentlich bekannten Fakten entfernen. Wir erzählen

[40] 1 Johannes 1:9

den Menschen ja auch nicht mehr, dass die Erde eine Scheibe wäre. Also meinetwegen: Halten Sie Ihre Predigt und hoffen wir, dass bald schon eine andere Sau durchs Dorf getrieben wird, aber erzählen Sie bloß niemandem, dass Sie vorher mit mir darüber gesprochen haben!"
„Selbstverständlich nicht, Exzellenz", versicherte der Kaplan.

XIV.

Einen derartigen Andrang wie an diesem Sonntag erlebte die Kirche St. Blasius bestenfalls an Weihnachtstagen, aber nie lag bei diesen Gelegenheiten eine solche Spannung über der Veranstaltung wie jetzt. Eifriges Getuschel vor dem Eingang, jeder hoffte, Neues zu erfahren. Gespannt wartete man darauf, ob und was der Kaplan zu den Vorfällen im Pfarrhaus sagen würde.

Die Aufmerksamkeit von Claudia Boentges, die sich in der 3. Reihe zu ihrer Freundin Sigrid Mertens gesetzt hatte, richtete sich weniger auf den Hauptdarsteller im Altarraum als vielmehr auf einen anderen Mitwirkenden der rituellen Handlungen. Immer und immer wieder suchte sie Blickkontakt zu Hannes Brügge-mann, der Mühe hatte, sich auf seine Aufgaben bei der Lesung und der Gabenbereitung[41] zu konzentrieren. Schon vor geraumer Zeit hatte „Claudi", wie sie genannt wurde, ein Auge auf den gleichaltrigen Messdiener geworfen. Seit ein paar Wochen, seit der Frühjahrskirmes, „gingen sie miteinander", wie man das in den Kreisen der Jugendlichen nannte.

Die Predigt des Kaplans hatte eingeschlagen wie eine Bombe. Totenstille im Kirchenschiff, weil blitzartig klar wurde, dass der Hinweis auf das 5. Gebot das Eingeständnis dessen war, was ohnehin jeder zu wissen

---

[41]Lesung/ Gabenbereitung: Feststehende Elemente der katholischen Messe

geglaubt hatte: Der Pfarrer war ermordet worden und möglicherweise saß der Mörder hier unter ihnen, in ihren Reihen.

Selbstverständlich stand dieses Thema später auch im Mittelpunkt der Gespräche und des Geraunes bei Schindels-Jupp. Brechend voll war an diesem Morgen das Lokal schräg gegenüber der Kirche, zumal auch noch der „Musikverein Fidelitas 1883 e.V." zum Frühschoppen ins Nebenzimmer seines Vereinslokal eingeladen hatte. Steckskes-Mia und Dollen-Hedi, die resoluten Bedienungen, hatten einige Schwierigkeiten, mit ihren vollen Tabletts zu ihren Abnehmern vorzudringen, ein Vorgang, der noch dadurch erschwert wurde, dass Dollen-Hedi einen weit über dem Durchschnitt liegenden Platzbedarf für ihre Figur in Anspruch nahm.

Im Mittelpunkt des allgemeinen Interesses stand Schlag-Mattes, der Dorfpolizist, von dem man erwartete, dass er mit allen Einzelheiten des Falles vertraut sein müsste. Um seine Auskunftsfreudigkeit zu fördern, waren ihm bald schon mehr Herrengedecke spendiert worden als seiner Standfestigkeit und Konzentration gut taten. Sinnlose Investitionen im Übrigen, da Mattes nur immer wieder mit schwerer Zunge versichern konnte, dass er auch nicht über detaillierte Informationen verfügte, da der Fall bei den Kollegen in Kappesbosch läge. Ob es denn stimmen würde, dass der Küster und die beiden Messdiener verhört worden seien, bestürmte man den armen Mattes.

„Verhört?“, sagte der. „Da weed isch nix von. Die sin befraacht worden, hab‘ isch jehört, äwel dat is ja jet angeres. Ens avjeseen doavan: Dat jlaubt ihr doch wohl selfs nit, dat die wat damit ze doen han. Dat kann isch misch nit vürstelle“, unterstrich er seine Worte zur Bekräftigung.
„Äwel irjendemes muss et ja jewese sin“, bemerkte Töpfers-Tünn, eine Feststellung, deren Logik allein durch ihre schlichte Unwiderlegbarkeit bestach.
„Irjendemes muss et jewesen sin! Nemes kann et joa nit jewese sin!“, bestätigte der Mann vom Fach, Schlag-Mattes. „Äwel weei weete nit, wer!“
„Et soll joa Jift jewese sin, han isch jehüürt“, warf Drenkmanns-Hein in die Runde.
„Dat han isch och jehüürt“, bestätigte ihn Essers-Franz.
„Wer kritt denn jetz dat Russen-Ei?“, drängte sich die dicke Hedi dynamisch zwischen die Thekensteher.
„Die Iwansklöten, die sin för misch“, meldete sich Töpfers-Tünn.
„On die Frikadellschen?“
Die fanden in Driessens-Pitter einen dankbaren Abnehmer.
„Einfach so, vorem Mittachessen?“, bemerkte Hedi spitz. „Krisse tehuus nix?“
„Min Frau is doch ennet Krankenhuus in Kappesbosch“, sagte Pitter zur Erklärung. „Die is doch operiert worde. Vun dem Dr. Mattusek. Eierstöcke, dat witse doch, do aal Perdsfutt!“

„Isch jev et disch jleich: Perdsfutt“, protestierte Hedi gekränkt. „Da kann isch doch nix für. Isch han et eben mit de Drüsen. Die sin dat in Schuld, do jecken Peijas.[42]“

„Ja, äwel stimmt dat denn jetz mit dem Jift“, kam Drenkmanns-Hein auf seine Frage zurück.

Schlag-Mattes fühlte sich aufgefordert, eine Auskunft zu erteilen. „Dat stimmt“, bestätigte er. „Thallium und E 605. Im Messwein!“

„Im Messwein?“ Entsetzen machte sich in der Runde breit.

„Im Messwein“, bestätigte Mattes. „Nit in däm vun der Kummijon, äwel, soweit isch dat mitjekreije han, hät dä immer dä Rest vun dä Messwien mitjenomme on oavens tehuus uutjesoape. Säd die Schwester Achnes. On doa moss dat Jift dren jewese sin.“

„On wer kös däm dat doa dren jedoan han?“, fragte Driessens-Pitter.

„Ja, wer kös däm dat doa dren jedoan han? Doa sin die Kolleje vun der Kripo joa am söke. Isch weed et auch nit!“ Auch Mattes schien ratlos zu sein, und während er noch vor sich hin sinnierte „Et kös joa sin, dat dä Mörder medden onger ons es“, übertönte aus dem Nebenraum ein polyphones „Prosit der Gemütlichkeit“ des Musikvereins das Gewirr der erregten Stimmen im Lokal, eine Nummer, vor deren kollektiver, öffentlicher Darbietung man sich allerdings besser auf eine

[42] Peijas: Bajazzo, Hanswurst

einheitliche Tonart verständigt hätte.
Gegen 12.30 Uhr leerte sich das Lokal schnell. „Heimwärts an die Fleischtöpfe," hieß die Devise, und gegen 13 Uhr waren auch die letzten Kampftrinker von ihren angetrauten Ehegattinnen, die sie infantil „Mutti" nannten, vom Tresen zum Ausnüchtern auf das heimische Sofa abgeschleppt worden, wobei manche der Damen sich ein vorwurfsvolles, an den Wirt gerichtetes „Jupp, du solls däm doch nit immer so veel Schabau[43] jeäve!" nicht verkneifen konnten, wohl ahnend, dass ihre Zurechtweisung nicht viel, eigentlich gar nichts nützen würde.

[43] Schnaps

XV.

Claudia hatte im Eingang der Kirche auf Hannes gewartet. Versonnen und ein wenig belustigt betrachtete sie den „Nick-Neger[44] “, einen Spendenkasten neben dem Weihwasserbecken, in den die Kirchenbesucher Geld für die Missionierung der „Heidenkinder“ werfen konnten, wofür sich die betende Figur des afrikanischen Kindes auf dem Kasten mit einem artigen Kopfnicken bedankte.
Claudia und Hannes kannten sich seit ihrer Kindheit, wohnten nicht weit entfernt voneinander im Friedhofsweg und der Heidestraße im Westen der Gemeinde. Gemeinsam waren sie eingeschult worden, besuchten in den ersten beiden Jahren dieselbe Klasse der Katholischen Volksschule Niersbrück. Dann trennten sich für Jungen und Mädchen die Wege. Man teilte sie auf in zwei Klassen. Später, nach der 4. Klasse, hatte Claudia die Aufnahmeprüfung für die weiterführende Schule bestanden und besuchte seitdem als externe Schülerin das klösterliche Katharineum in Heiligacker.
Trotz seiner unzweifelhaften Begabung kam für Hannes‘ Eltern der Besuch einer höheren Schule für ihren Sohn nicht in Frage. „Weei woaren och nit op der

[44] Stand üblicherweise in jeder katholischen Kirche neben dem Weihwasserbecken, lange Zeit elementarer Bestandteil der Kulturgeschichte der Una Sancta Catholica. Fällt heute durch das Raster der political correctness

hühere Schol und trotzdem is uut uns jet jeworde", hatte Hannes' Vater abschließend bestimmt, als Hannes' Lehrer, Herr Peters, ihm und seiner Frau den Vorschlag gemacht hatte, ihren Sohn das Gymnasium Augustinum in Kappesbosch besuchen zu lassen. So drückte Hannes nun die Schulbank in der 7. Klasse der Katholischen Volksschule mit der Perspektive, nach Abschluss der 8. Klasse eine Berufsausbildung zu beginnen, vermutlich in der örtlichen Textilmanufaktur als größtem örtlichen Arbeitgeber.

Claudia hatte seit langem keinen Hehl aus ihrem Interesse an dem hübschen Jungen gemacht, der zwar von Natur aus ein wenig schüchtern war, aber einen wesentlich gereifteren Eindruck machte als seine Altersgenossen. Natürlich gab es missgünstige Konkurrentinnen: Pia Wickenfeld zum Beispiel, die sich in ihrem Alter schon aufdonnerte wie ein Filmstar und sich im Freibad stets im knappen Bikini präsentierte und mit den Jungs rumknutschte.

Eine Möglichkeit, die für Claudia ausschied, nicht nur, weil sie Klosterschülerin war, sondern auch aus Gründen des guten Geschmacks. Ihre Eltern hätten ein derartiges Verhalten und so einen Aufzug ihrer Tochter mit Sicherheit nicht geduldet. In ihrem Haus waren Sittsamkeit und Ordnung eben noch hoch angeschrieben. So beschränkten sich Claudias Annäherungsversuche zunächst darauf, dem Messdiener Hannes während des religiösen Rituals sehnsuchtsvolle Blicke zuzuwerfen, die dieser sehr wohl registrierte,

wenngleich er sich sehr bemühte, sich von seinen Aufgaben während der weihevollen Handlungen nicht allzu sehr ablenken zu lassen.
So hatte sich Claudia sehr gefreut, als Hannes sie bei der Frühjahrskirmes am Rande des Autoscooters angesprochen hatte. „Hast Du Lust, ein paar Runden mit mir zu fahren?“, hatte er vorgeschlagen und sie dabei schüchtern angelächelt, eine Aufforderung, auf die Claudia geradezu gewartet hatte.
Hannes‘ Schüchternheit legte sich allerdings sehr schnell, denn schon bald hatte er während der Fahrt vertraulich den Arm um seine Beifahrerin gelegt. Sie ließ es gerne zu und registrierte erfreut die vernichtenden Blicke ihrer Konkurrentin, die mit einer Gruppe Verehrern vor dem Kassenhäuschen stand. Sie schmiegte sich noch enger an Hannes, dem die Vorgänge am Rande des Geschehens nicht verborgen geblieben waren. Schnell stellten sie fest, dass Pia und ihre Entourage das Feld geräumt hatten und weitergezogen waren.
Auch Hannes und Claudia bummelten nach ein paar Fahrten weiter über den Platz mit dem Kinder- und dem Kettenkarussell, der Schießbude, dem Stand mit den Lebkuchenherzen, der Zuckerwatte und den Paradiesäpfeln, den Kokosnussstücken und den Lakritzstangen. Und dem „Sündenkarussell“!
Sie suchten sich ein Abteil, in dem sie alleine waren, und es war nicht nur die Fliehkraft, die sie während der schnellen Runden näher zueinander rücken ließ,

und während das Verdeck für Dunkelheit im Innern des Abteils sorgte und sie vor neugierigen Blicken schütze, beugte sich Hannes über Claudia und küsste sie heftig, während er mit den Händen schon mal vorsorglich die Entwicklung ihrer Oberweite ertastete. Gegen weitere Runden in der „Raupe“ hatte Claudia nicht das Mindeste einzuwenden, und fortan betrachteten sie sich als Paar.
Hand in Hand schlenderten sie jetzt heimwärts. Über den Marktplatz, die Heidestraße hoch, vorbei an der Bäckerei, der Metzgerei, dem Schuhgeschäft, der Polizeistation, dem Lotto- und Zeitungsladen, der Praxis von Dr. Maaßen bis hinauf zu jener Gaststätte an der Gabelung zum Friedhofsweg, in der die Mitarbeiter der Textilmanufaktur gerne am Freitag, wenn es die Lohntüten gegeben hatten, einen Teil des sauer Verdienten in Bier und Schabau umsetzten, so sie denn ihren Frauen entkommen konnten, die ihnen vor dem Werkstor auflauerten, um das Haushaltsgeld der kommenden Woche vor den kostspieligen Exzesse ihrer angetrauten Schluckspechte zu retten.
Hannes begleitete Claudia bis zu deren Haustür. Sie sah ihn an. „Was ist das für ein Gefühl, zu wissen, dass die Messe nie mehr mit Pfarrer Franzen stattfinden wird?“, sagte sie. „Du warst ja schließlich eine ganze Zeit Messdiener bei ihm.“
„Lass uns einfach nicht darüber reden“, wehrte er ab. „Das ist vorbei. Abgeschlossen. Treffen wir uns nachher zur Fahrradtour? Erich, Rolf und Gabi kommen

auch."
„Na klar", bestätigte Claudia. „Ich freu mich drauf! Bis später." Dann ging sie durch das Gartentor.

Hannes sah ihr hinterher, bis sie die Haustür erreicht hatte. Dann machte er sich auf zurück in die Heidestraße.

XVI.

Pünktlich um 8 Uhr hatte Kommissar Haupt sein Büro im Präsidium betreten, da meldete sich auch schon sein Telefon mit einem aufgeregten Aurelius Zahm in der Leitung.

„Entschuldigen Sie, dass ich Sie schon so früh bei der Arbeit störe, aber Sie hatten ja gesagt, ich solle mich melden, wenn mir noch etwas einfällt", sagte er hastig.

„Überhaupt kein Problem", beruhigte ihn Haupt. „Was ist Ihnen denn noch eingefallen?"

„Ja, eigentlich nicht mir, sondern meiner Frau. Ich hatte Ihnen ja erzählt, dass meine Frau eine Pilgerreise nach Rom begleitet hat und am Samstag ist die Gruppe zurückgekommen. Ich habe ihr natürlich von dem Todesfall unseres Pfarrers berichtet und da hat sie mir von einem merkwürdigen Vorkommnis erzählt, von dem wir allerdings gar nicht wissen, ob es etwas mit dem Tod von Hochwürden zu tun hat", sprudelte es aus ihm heraus.

„Das sehen wir dann ja, Herr Zahm. Also, was ist Ihrer Frau aufgefallen?"

„Ja, meine Frau leitet ja unseren Kinderkirchenchor, ehrenamtlich. Eigentlich ist sie ja Lehrerin am Katharineum in Heiligacker. Und sie erzählte mir, dass vor einigen Wochen Frau Boentges, die Mutter eines Mädchens aus dem Chor, sie auf eine ganz merkwürdige Weise angesprochen hätte. ‚Ja, zu Ihnen kann ich meine Tochter ja Gott sei Dank noch schicken. Bei

Ihnen, da ist sie ja sicher', so oder so ähnlich hätte sie sich ausgedrückt und auf Nachfragen, was sie damit denn meine nur sybillinisch geantwortet ,Ja, man höre ja so einiges'. Ich weiß nicht, ob das wichtig ist, aber vielleicht reden Sie mal mit meiner Frau!"
„Lieber Herr Zahm", bedankte sich der Kommissar, „das werden wir auf jeden Fall tun. Ob das wirklich etwas mit unserem Fall zu tun hat, werden wir dann ja sehen. Vielen Dank! Wann können wir Ihre Frau denn erreichen?"
„Bis mittags ist sie ja gewöhnlich in der Schule, aber sie könnten versuchen, Sie heute Nachmittag zu erreichen und einen Termin mit ihr abstimmen. Sind Sie denn überhaupt schon einen Schritt weitergekommen, wenn ich fragen darf?"
„Fragen dürfen Sie natürlich, lieber Herr Zahm", antwortete der Kommissar, „aber ich darf Ihnen leider über laufende Ermittlungen keine Auskunft geben, auch wenn ich Ihr persönliches Interesse an der Angelegenheit gut verstehen kann."
Dafür hatte der Organist durchaus Verständnis.
„Hast Du das mitbekommen?", fragte Haupt seinen Kollegen Hans-Peter Joeres, der inzwischen auch seinen Dienst angetreten hatte. „Das war der Zahm. Mit einem merkwürdigen Hinweis, den seine Frau gegeben hat: Die Mutter eines ihrer Chorkinder scheint um die Sicherheit ihrer Tochter besorgt zu sein, allerdings wissen wir nicht, in welchem Umfeld, aber viele kommen nicht in Frage, sonst hätte die Dame die

Bemerkung ja nicht vor der Leiterin des Kinderkirchenchors fallen lassen."
„Morgen, erstmal!", sagte Joeres, während er seinen Schreibtisch aufschloss. „Auf in die zweite Woche nach Hochwürdens Heimgang! Steht eigentlich schon der Termin für die Beerdigung fest. Die könnten die Leiche doch allmählich mal freigeben. Da ist doch wohl alles geklärt, oder?"
„Hey, bei Hochwürdens heißt das Leichnam, nicht Leiche. Ist ja nicht wie bei normalen Zeitgenossen. Dass ich als heidnischer Friese Dir das als frommem Katholiken erklären muss! Scandale grande!", lästerte Haupt. „Aber im Ernst: Ist schon passiert. Kam am Freitagnachmittag, die Nachricht. Die Haushälterin und der Kaplan kümmern sich."
„Klar, Du hast natürlich völlig recht. Wie konnte ich das nur vergessen. Wahrscheinlich ist er auch schon in der ‚Leichnamhalle'", sagte Joeres spöttisch. „Um auf unser eigentliches Thema zurückzukommen: Wir sollten uns mit der Frau Zahm einfach mal unterhalten."
„Das denke ich auch", erwiderte Haupt, „vielleicht wäre es ja sinnvoll, wenn sie noch einmal bei der Mutter nachfragt, wie das gemeint gewesen ist, bevor wir da aufkreuzen und die Frau vielleicht verschreckt gar nichts mehr sagt nach dem Motto ‚Man macht eine harmlose Bemerkung und schon hat man die Polizei auf dem Hals'."
Joeres kratzte sich nachdenklich am Kopf. „Ich versteh', was Du meinst", sagte er, „aber wir können doch

die Frau nicht einfach sozusagen als unser Hilfspersonal einsetzen, einmal davon abgesehen, dass sie erst einmal dazu bereit sein müsste.“

„Nein, das natürlich nicht, aber sie könnte doch der Mutter signalisieren, dass deren Bemerkung schon eine gewisse Besorgnis bei ihr ausgelöst hat und sie deswegen noch einmal auf das Thema zurückkommt. Lass uns erst einmal mit ihr reden und dann sehen wir weiter. Würdest Du Dich bitte um den Termin kümmern. Ich muss ja jetzt erstmal in die Dienstbesprechung, und wie Du weißt, kann das dauern.“

Erfreulicherweise hielt sich der Mitteilungsbedarf der Kollegen bei der „Großen Lage“, wie die wöchentliche Dienstbesprechung der Kommissariatsleiter mit Kripochef Harnischfeger genannt wurde, in Grenzen, so dass Haupt bereits kurz nach der Mittagspause in sein Büro zurückkehrte. Frau Zahm, offensichtlich von ihrem Mann ins Bild gesetzt, hatte keine Einwände, dass die Kommissare sie gegen 15 Uhr aufsuchen würden. „Diesmal“, betonte sie scherzhaft, „werden Sie auch einen Kaffee bekommen.“

Das Aroma frisch gefilterten Kaffees zog den Kommissaren auch schon entgegen, als sie das Haus in der Hospitalstraße betraten. Frau Zahm, eine attraktive, brünette Mitdreißigerin führte die Polizisten in die Wohnstube des Hauses, in dem neben dem voluminösen Steinway-Flügel und einem dunklen Eichenschrank auch noch zwei Sessel, eine Couch und ein kleiner Tisch Platz gefunden hatten. Die Wand hinter dem Sofa hatten die Zahms mit einem Porträt Johann Sebastian Bachs[45] dekoriert, was Haupt sofort zu der Bemerkung veranlasste: „Oh, haben die Lutherischen jetzt schon Einzug ins Haus des katholischen Küsters gehalten?". Die Frau des Organisten nahm es gelassen hin.

„Wissen Sie, Herr Haupt", konterte sie, „ich glaube, Noten kennen keine Religion, vor allem wenn – wie bei Bach - die Musik dem höheren Ruhme des Gottes der Christenheit gewidmet ist."

„Na, lassen Sie das mal nicht Kardinal Ottaviani[46] wissen, dann höre ich schon den Scheiterhaufen knistern", spöttelte Haupt.

„So, was ist jetzt mit dem Kaffee?", brach Frau Zahm die Frozzelei ab. „Nehmen Sie einen? Mein Mann hat mir von seiner fatalen, gastrosophischen Fehlleistung berichtet. Aber ich sehe, Sie haben es überlebt!"

Wenig später stand der Kaffee duftend vor den beiden Kommissaren.

Während Kommissar Haupt noch einen Löffel Zucker in seinem Kaffee verrührte, sprach er Frau Zahm an: „Frau Zahm, wie war das mit der Frau Boentges?"

---

[45] Johann Sebastian Bach, (1685 – 1750) Komponist des Barock, Schöpfer vieler kirchlicher Musikstücke

[46] Kardinal Alfredo Ottaviani, 1890 – 1979, seit 1959 Leiter des Hl. Offiziums, später erster Präfekt der Kongregation für die Glaubenslehre, der Nachfolgerin der Hl. Inquisition, Verfasser der Schrift „Crimen Sollicitationis", einem Regelwerk, das später als Anleitung zur Verschleierung sexuellen Missbrauchs durch katholische Priester eingestuft wurde

„Mein Mann hat Ihnen ja schon skizziert, was passiert ist. Ich habe Frau Boentges zufällig nach einer Probe des Chors getroffen, vielleicht wollte sie ihre Tochter abholen, da sprach sie mich an, fast schon seufzend, als ob sie etwas schwer bedrücken würde“, berichtete Frau Zahm. „ ‚Zu Ihnen kann man seine Kinder ja noch schicken, da sind sie ja sicher!‘, sagte sie. Ich war sehr überrascht, wie Sie sich vorstellen können, denn im Umkehrschluss heißt das ja, dass die Kinder anderswo nicht sicher wären. Das habe ich Claudias Mutter dann auch gefragt. Ich habe gesagt: ‚Ja haben Sie denn Angst, dass die Kinder anderswo nicht sicher sind?‘“
„Und was hat sie geantwortet?“, unterbrach Kommissar Joeres.
„Tja, sie hat nur gemurmelt ‚Naja, man hörte ja so manches…‘ und auf meine Nachfrage, was man denn so hörte, hat sie rumgedruckst und ist mir ausgewichen. Sie hätte ja nur gemeint, weil ich doch Katharina hieße und die Hl. Katharina nun mal die Beschützerin der Mädchen und Jungfrauen sei …, aber da war mir klar, dass dies nicht der Grund gewesen sein konnte, warum sie mich angesprochen hatte. Mir war aber auch klar, dass sie mir mehr nicht sagen wollte und wohl ohnehin schon das Gefühl hatte, sich viel zu weit vorgewagt zu haben.“
„Hmmmh, seltsam“, murmelte Haupt, mehr schon an sich selbst gerichtet, „aber wo zum Teufel…“, er unterbrach sich und warf einen entschuldigenden Blick

zu Frau Zahm, „kann man denn nach ihrer Meinung, also der Meinung von Frau Boentges, die Kinder nicht mehr hinschicken?“
„Und was hört man angeblich, von wem und wo?“, ergänzte ihn Joeres.
Frau Zahm hob die Schultern. „Ich habe nicht die Spur einer Ahnung“, sagte sie. „Vielleicht sollten Sie mal mit der Frau sprechen, denn ich werde das dumpfe Gefühl nicht los, da steckt mehr dahinter, da muss was passiert sein.“
„So hört sich das auch für mich an, Frau Zahm“, sagte Haupt nachdenklich. „Allerdings wissen wir bis jetzt überhaupt noch nicht, ob ein Zusammenhang zu dem Fall besteht, in dem wir eigentlich ermitteln. Aber der zeitliche Zusammenhang macht schon stutzig. Kann Zufall sein, muss aber nicht. Wir sollten Frau Boentges nach Möglichkeit einfach beiläufig noch einmal ansprechen. Allerdings ist fraglich, ob sie sich uns überhaupt öffnet.“
„Deswegen“, griff Joeres ins Gespräch ein, „wäre die Frage, ob Sie, liebe Frau Zahm, nicht eher die Chance hätten, zu erfahren, was hinter den Andeutungen von Claudias Mutter steckt. Wenn wir die Frau ansprechen, auf Bemerkungen, die sie Ihnen geäußert hat, könnte sie darin doch einen Vertrauensbruch sehen, der ihre Bereitschaft zur Offenheit uns gegenüber gewiss nicht fördert. Gleichzeitig scheint es ja so zu sein, dass die Frau was loswerden will, das sie offensichtlich bedrückt.“

Frau Zahm blickte ein ratlos bis verzweifelt drein. „Sie wissen, in was für eine unangenehme Situation Sie mich gerade bringen, meine Herren“, sagte sie. „Ich verstehe ja Ihre Schwierigkeiten, zumal ja wirklich nicht klar ist, ob es einen Zusammenhang zu Ihrem Fall gibt. Aber Sie muten mir ganz schön was zu. Starker Tobak! Wie Sie bemerkt haben werden, habe ich erst einmal ganz schön geschluckt.“
Haupt hatte schon angesetzt, ihren Vorschlag zurückzuziehen, als Frau Zahm ihm bedeutete, dass sie weiterreden wollte. „Allerdings weiß ich auch, dass ich persönlich keine Ruhe haben würde, wenn wir den Andeutungen von Claudias Mutter nicht auf den Grund gingen. Die Kinder im Chor und ihre Sicherheit wie auch die meiner Schüler bedeuten mir sehr viel. Aurelius und ich haben leider keine eigenen Kinder. Gott scheint es so gewollt zu haben. Umso mehr engagiere ich mich für die Kinder, die mir anvertraut sind. Ich werde Ihnen also helfen, weil ich mir und uns Gewissheit verschaffen möchte, dass die Kinder in unserer Gemeinde immer und überall behütet aufwachsen können.“
Ihre Ausführungen verfehlten ihre Wirkung auf die Kripobeamten nicht. Dankbar sahen die beiden die Lehrerin und Chorleiterin an. „Liebe Frau Zahm“, stotterte Haupt, „vielen, vielen Dank. Wir wissen, dass das nicht selbstverständlich ist“, und bevor Haupt sich weiter in devoten Dankesbezeugungen ergehen konnte, unterbrach ihn Frau Zahm, schon wieder

etwas weniger ernst: „Ich werde Ihnen Gelegenheit geben, sich zu revanchieren, glauben Sie mir! Und jetzt möchte ich Ihnen einen Vorschlag zum Vorgehen machen."

Die Kommissare blickten sie aufmerksam an.

„Was halten Sie davon", führte Frau Zahm aus, „wenn ich ganz unverfänglich Claudia anspreche, was ihre Mutter gemeint haben könnte? Denn offensichtlich bezog sich doch deren Bemerkung auf etwas, was ihrer Tochter zugestoßen ist oder sein könnte. Wie auch immer? Claudia ist bei mir im Chor, ich habe zudem im vergangenen Schuljahr in ihrer Klasse Deutsch unterrichtet, wir kennen uns also gut und ich glaube, sie hat Vertrauen zu mir."

Hans-Peter Joeres signalisierte Bedenken. „Eine 13jährige einfach befragen, also ich weiß nicht! Da müssten wir doch mindestens ein Elternteil hinzuziehen."

„Aber wieso denn", wehrte Frau Zahm ab, „Sie befragen das Mädchen doch nicht, sondern ich unterhalte mich mit ihr als Chorleiterin über die Besorgnisse, die ihre Mutter mir gegenüber geäußert hat. Ich kann mich doch mal erkundigen, ob es irgendwelche Vorkommnisse gegeben hat, die die Ängste der Mutter ausgelöst haben. Ich fühle mich doch auch für das Wohlergehen der mir anvertrauten Kinder verantwortlich."

„So sehe ich das auch", meldete sich der Hauptkommissar zu Wort. „Ich geb' Dir recht: Wenn wir das Mädchen offiziell befragen würden, müssten wir uns

selbstverständlich an unsere eigenen Vorschriften halten, aber Frau Zahm kann sich als ihre Chorleiterin doch jederzeit mit dem Mädchen unterhalten. Da spricht doch nichts dagegen, im Gegenteil, das ist doch eher sehr fürsorglich!"
Joeres sah ein, dass er sich mit seinen Argumenten wohl nicht gegen seine beiden Mitstreiter würde durchsetzen können. „Okay, dann machen wir das eben so", willigte er in den Vorschlag ein.

XVII.

Selbstverständlich hatte Claudia die Vorgänge im „Sündenkarussell“ in ihr Sündenbekenntnis einbezogen, das sie am folgenden Samstagnachmittag bei der Kinder- und Jugendbeichte ablegte, musste sie doch davon ausgehen, dass das Verdeck der „Raupe“ sie zwar vor den neugierigen Blicken der Zaungäste schützen konnte aber nicht vor den aufmerksamen Augen des Herrn, und eine solche Sünde zu verschweigen wäre ja selbst wieder eine Sünde gewesen, die die Aufrichtigkeit und Vollständigkeit der Beichte und damit die Absolution in Frage gestellt hätte.

Voll Demut und Reue bekannte sie also ihre Sünden, als sie an der Reihe war, legte dar, dass sie ihrer Mutter Widerworte gegeben hatte, sie in Gedanken nach einem Streit um einen geplanten Kinobesuch in Gedanken „blöde Kuh“ genannt hatte, Schulaufgaben am Tag des Herrn erledigt hatte, und den Namen des Herrn unangemessen in den Mund genommen hatte, aber erst als sie erwähnte, dass sie sich „unkeusch“ verhalten habe, reagierte Hochwürden auf der anderen Seite des Holzgitters plötzlich positiv lebhaft und bat um die Darlegung der näheren Umstände.

Claudia hatte damit nicht gerechnet und druckste herum, aber die Stimme des Pfarrers sprach ihr Mut zu: „Du weißt, dass alles, was Du mir anvertraust so ist, als ob Du es dem Herrn selber anvertraut hättest!“, sagte er mit beruhigender Stimme.

Claudia sah ein, dass sie keine andere Wahl haben würde. Also begann sie zu berichten, was sich „mit einem Jungen“, ohne dessen Namen zu erwähnen, im „Sündenkarussell“ zugetragen hatte.
„Und Du hast Dich sicherlich dagegen gewehrt“, suggerierte Hochwürdens Stimme.
„Gewehrt wäre vielleicht übertrieben“, gab sie zögernd zu.
„Aber Du hast es als unangenehm empfunden, oder?“
„Ach, es war wirklich nicht schlimm“, ließ Claudia den Priester wissen.
„Dann war es schön?“
„Es war für mich ein völlig neues Gefühl, Hochwürden. Ein seltsamer, elektrisierender Schauer“, klärte Claudia den Priester auf.
„Ja, um zu wissen, ob es sich tatsächlich schon um eine Sünde handelt, müsste ich mir das mal ansehen“, sagte Hochwürden. „Weißt Du, nur wenn sie wirklich schon eine gewisse Größe haben, ist es nämlich eine Sünde, von der ich Dich lossprechen müsste. Aber solange ich das nicht weiß …“ Er ließ den Satz unvollendet. „Deswegen bete erst einmal fünf Ave-Maria und nach der Beichte kommst Du zu mir in die Sakristei und dann kontrollieren wir mal, ob da wirklich schon eine Sünde vorgelegen hat.“ Routiniert murmelte er schon einmal vorab die Worte der Lossprechung: „Gott, der barmherzige Vater, hat durch den Tod und die Auferstehung seines Sohnes die Welt mit sich versöhnt und den Heiligen Geist gesandt zur

Vergebung der Sünden. Durch den Dienst der Kirche schenke er dir Verzeihung und Frieden. So spreche ich dich los von deinen Sünden. Im Namen des Vaters und des Sohnes und des Heiligen Geistes." „Amen", antwortete Claudia.

Brav sprach Claudia die ihr auferlegten Gebete und dachte nach über das, was der Priester ihr gesagt hatte. Sein Vorgehen kam ihr ungewöhnlich vor, aber wer war sie, das zu beurteilen? Der Priester war es, der im Namen Gottes und an Jesu statt die reuigen Sünder von ihren Verfehlungen lossprach. In allen die Sünden betreffenden Fragen war er der vom Herrn eingesetzte Fachmann, und es schien ihr lästerlich, sich seinem Verlangen zu widersetzen, so seltsam ihr sein Ansinnen auch erscheinen mochte.

Nachdem der letzte Pönitent zur Verrichtung seines Bußwerks aus dem Beichtstuhl auf die Kirchenbänke zurückgekehrt war, folgte Claudia dem Priester auf sein Zeichen hin in die Sakristei, deren Tür Hochwürden sorgsam hinter ihnen verschloss. „Nun zeig mir mal, worum es geht", forderte er sie auf.

Folgsam knöpfte Claudia ihre Bluse auf und zog das Hemd hoch, das sie darunter trug. „Nun ja, besonders groß sind sie ja noch nicht", stellte Hochwürden fest, während er sich mit der Hand über die sabbernden Lippen wischte. Dann ging er dazu über, Claudias Brüste ausführlich zu befummeln. „Nein, sehr groß sind sie wirklich noch nicht", lautete das Urteil seines Tastbefundes und in wohlwollendem Ton fügte er hinzu: „Ich glaube, da kann man noch nicht wirklich von einer Sünde sprechen. Aber wenn sie größer werden und das noch einmal passiert, solltest Du mir das sagen, dann sollten wir uns die Sache noch einmal besehen. Dann kann ich Dir auch sagen, ab wann es eine Sünde ist. Vielleicht kann ich Dir dann ja auch mal meinen Priesterstab zeigen."

Claudia versprach, Hochwürden hinsichtlich der Entwicklung ihrer Oberweite auf dem Laufenden zu halten und war froh, die unangenehme Prozedur hinter sich zu haben. Verwirrt von dem Erlebten ging sie nach Hause und verbrachte den Nachmittag bis zum Abendessen in ihrem Zimmer.

Wut und Verzweiflung ergriffen sie, als sie den übergriffigen Pfarrer am nächsten Tag im Hochamt vor sich sah. Sie hätte schreien können. Sie hatte den ganzen Nachmittag nachgedacht über das, was geschehen war. Was der Pfarrer getan hatte, konnte nicht richtig sein, mochte er auch dreimal Priester sein. So etwas gehörte sich einfach nicht und es konnte nicht wahr sein, dass Gott so etwas in seiner Kirche, in seiner Sakristei sozusagen unter seinen Augen zuließ. Den Abend hatte sie bei ihrer Mitschülerin Gabi Nöthen verbracht und beschlossen, die Freundin ins Vertrauen zu ziehen.

Wider Erwarten schien Gabi nur mäßig überrascht, als Claudia ihr geschildert hatte, was geschehen war. „An der Doris", sagte sie, „soll der sich auch vergriffen haben. Zur Strafe für ihre Sünden soll das alte Schwein sie auf den nackten Po gehauen haben, mit der Hand. Vorher musste sie sich eben ihren Schlüpfer ausziehen. Das musst Du Dir mal vorstellen. Und dann hat er ihr auch noch zwischen die Beine gefasst. Doris hat das wohl ihrer Mutter erzählt, aber die muss vollkommen wütend geworden sein: Doris würde sich das nur ausdenken und so etwas würde der Pfarrer doch niemals tun, der sei doch Geistlicher, ein Mann der Kirche, der in Enthaltsamkeit lebte und es sei eine große Sünde, ihn derart zu beschuldigen und was die Leute denken sollten und so weiter."

Claudia hatte geschluckt: „Aber wenn es doch wahr ist?"

„Doris war völlig verzweifelt, weil ihre Mutter ihr nicht geglaubt hat. Sie dachte natürlich, ihre Mutter müsste ihr doch helfen, aber Pustekuchen. Keine Hilfe – auch noch Ärger gekriegt", stellte Gabi resigniert fest. „Aber vielleicht reagieren Deine Eltern ja anders."

Noch während sie in der Kirche saß, dem Ritus nur gewohnheitsgemäß und ohne innere Anteilnahme folgend, beschloss sie, zumindest ihre Mutter zu informieren – und Hannes. Dass ihr tief-religiöser Vater die Beschwerde über eine kirchliche Autorität zulassen würde, damit war, da war sie sicher, auf keinen Fall zu rechnen. Kein Gedanke daran. Horst Boentges war 1943 bei Stalingrad in sowjetische Kriegsgefangenschaft geraten, und seine Hinwendung zur Religion hatte ihm in den sechs Jahren im sibirischen Lager

Trost und Überlebenswillen gegeben, vielleicht auch die trügerische Hoffnung auf Auslöschung der Schuld, die er und seine Einheit in Polen und der Sowjetunion auf sich geladen hatten.
Auf dem Weg nach Hause, nach dem Gottesdienst, den sie seit der Frühjahrskirmes stets gemeinsam zurücklegten, hatte Claudia Hannes eingeweiht. „So ein altes Schwein, so eine Pottsau", hatte der nur grimmig über den Priester gesagt, als dessen Messdiener er vor wenigen Minuten noch im Einsatz war.
Beim gemeinsamen Abwasch, nach dem Sonntagsessen mit Rindfleischsuppe, Sauerbraten und Schokoladenpudding, als ihr Vater seinen Mittagsschlaf hielt, hatte Claudia ihrer Mutter eröffnet, was in Kirche und Sakristei abgelaufen war.
„Um Himmels Willen", rief Hedwig Boentges entsetzt. „Wie kannst Du so etwas sagen? Du weißt doch, wie der Pappa ist. Schweig einfach still. Man kann doch nicht einfach einen Priester beschuldigen? Wer soll Dir das denn glauben? Keiner! Und wie stehen wir dann vor den Leuten da?"
„Aber Mama, wenn es doch wahr ist?", hatte Claudia verzweifelt gesagt.
„Wahr ist, wahr ist! Deswejen braucht man doch nit so en Theater machen. Wä weed, wat Du jemacht häs. Isch will et jar nit wissen", fügte sie hinzu, in das regionaltypische Idiom verfallend.
„Aber Mama", setzte Claudia erneut an, „bei der Doris hat er es doch auch gemacht!"

„Bei der Doris!“, protestierte ihre Mutter. „Die Doris ist ja wohl jar kein Umjang für Disch, und dat saach isch Dir nit zum ersten Mal. Du weißt doch wohl, dat wir mit solchen Leuten wie denen nix, aber auch jarnix zu tun haben wollen, dat Jesocks da hinten ausem Osten, wo die herkommen. Die kann viel erzählen, dat heißt doch noch lange nix!“
Claudia beschloss zu schweigen. Nicht so ihre Mutter. „Und eins sach isch Dir: Kein Wort zum Pappa!“, empfahl sie. „Do weeds, wie dä is. Da krisse am Ende noch Stuvenarrest, wenn Du sun Lüjen övver onsere Pfarrer erzähls.“ „Von mir erfährt dä nix, da kannze sischer sein!“, versicherte sie verschwörerisch.
Aber ganz so überzeugt, dass es sich um Lügen über den Pfarrer handelte, schien Frau Boentges dann doch nicht zu sein. Und so hatte sie sich gegenüber der Chorleiterin zu ihrer Bemerkung hatte hinreißen lassen, und dazu hatte sicher auch das schlechte Gewissen beigetragen, das sie plagte. Sie hatte in einer Situation, in der ihre Tochter Hilfe von ihrer Mutter erwarten konnte und durfte, versagt. Jämmerlich versagt, wie sie es im Nachhinein empfand. Anstatt ihrer Tochter beizustehen, hatte sie deren seelische Not noch vergrößert.

XVIII.

Nach dem Gespräch mit den Kommissaren hatte Frau Zahm die nächste Probe des Kinderchores genutzt, um Claudia auf die Andeutungen ihrer Mutter hin anzusprechen. „Gibt es denn Situationen, in denen Du das Gefühl hast, nicht sicher zu sein? Nicht sicher wovor?“, hatte sie gefragt.
Es war, als hätte sie eine Schleuse geöffnet. Claudia erlebte es als Erlösung, dass eine Erwachsene sie ansprach, ohne ihr Vorhaltungen zu machen. Einfach nur fragte und Hilfe anbot. Sie schilderte, was sich zugetragen hatte, wie nach dem Vorfall allmählich das Gefühl der Abscheu sie ergriffen hatte, wie sie bei ihrer Familie Hilfe gesucht und Zurückweisung gepaart mit Vorwürfen erhalten hatte. „Zur Beichte“, sagte sie, „werde ich jedenfalls nie mehr gehen, egal, ob der Pfarrer jetzt tot ist.“
„Und willst Du nicht vielleicht der Polizei erzählen, was vorgefallen ist?“, schlug die Chorleiterin vor.
„Was bringt das denn noch?“, erwiderte Claudia trotzig. „Der Pfarrer ist tot und wahrscheinlich glaubt man mir ja sowieso nicht! Das denkst Du Dir nur aus! Der Pfarrer, der tut doch sowas nicht. Und als Kind ist man ja gegenüber den Erwachsenen sowieso im Unrecht. Das ist mir ja schon bei meiner Mutter so gegangen und der Doris im Übrigen bei ihrer Mutter genauso. Und wie mein Vater reagieren wird, können Sie sich sicher auch vorstellen. Sie kennen ihn ja.“

„Aber wenn sich der Pfarrer gegenüber Dir und der Doris in der Weise verhalten hat, wie Du das geschildert hast, könnte es doch im Zusammenhang mit dem Mord stehen. Vielleicht helfen Deine Informationen der Polizei, den Mord aufzuklären. Alles, was den Pfarrer betrifft, könnte wichtig sein“, versuchte Frau Zahm Claudia zu überzeugen.
„Ja, natürlich“, lenkte Claudia ein, „aber stellen Sie sich mal vor, was mein Vater sagen wird. Der redet doch nicht mehr mit mir, wenn ich den Pfarrer anschwärze.“
„Wir könnten es so einrichten, es niemand erfährt. Ich habe den Eindruck, dass man den beiden Kommissaren vertrauen kann. Aber ich mach Dir einen Vorschlag: Ich rede mit den beiden und sage denen, was passiert ist und bitte sie, Dich in Ruhe zu lassen. Irgendwelche Nachforschungen bringen ja nichts mehr, da der Pfarrer ja ohnehin nicht mehr belangt werden könnte.“
Der Vorschlag ihrer Chorleiterin gefiel Claudia: „Okay“, willigte sie ein, „aber Sie versprechen mir, dass meine Eltern nichts davon erfahren.“
„Das werde ich den Kommissaren so sagen“, versprach Frau Zahm. „Und jetzt sage ich mal Tschüs bis zum nächsten Mal. Wenn was sein sollte, ich bin auf jeden Fall für Dich da!“
„Danke und bis dann“, erwiderte Claudia, die das Gefühl hatte, ihre Chorleiterin in den Arm nehmen zu müssen.

Gleich am nächsten Morgen hatte Frau Zahm die Kripo in Kappesbosch angerufen. „Lassen sie uns das doch nicht am Telefon besprechen, wir können gerne zu Ihnen nach Hause kommen“, hatte Hauptkommissar Haupt vorgeschlagen, erfreut, dass das Gespräch der Chorleiterin mit Claudia tatsächlich zu einem Ergebnis geführt hatte. Seinem Vorschlag hatte Frau Zahm sofort zugestimmt, und so saßen die Kommissare am Nachmittag, „nach dem Mittagsschlaf“ dem Ehepaar Zahm selbstverständlich bei einem Kaffee gegenüber.
Während Frau Zahm vom Verlauf ihres Gespräches und der offensichtlichen seelischen Not von Claudia Boentges berichtete, schauten sich die beiden Kripobeamten mehrfach nachdenklich an. Franzens Interesse an der Anatomie des weiblichen Geschlechtes schien sich also nicht nur auf den mehr theoretischen Teil zu beschränken, denn wie hatte schon Altmeister Goethe so treffend festgestellt: „Grau, teurer Freund, ist alle Theorie“, und diese Erkenntnis beherzigend hatte sich Hochwürden offensichtlich ein wenig „Grün vom goldnen Baum des Lebens “[47] gegönnt.
„Und sie sagten, es sei nach Claudias Angaben auch mindestens ein weiteres Mädchen Opfer sexueller Belästigungen geworden“, fragte Haupt.
Frau Zahm bestätigte, was sie von Claudia gehört hatte. „Die Information habe ich allerdings nicht von

[47] Goethe, Faust I, (1808): „Grau, treuer Freund, ist alle Theorie, Und grün des Lebens goldner Baum.“

dem Mädchen direkt, also von Doris, sondern davon hat mir nur Claudia berichtet", sagte sie einschränkend. „Aber nach dem, was ich von ihr gehört habe, schließe ich nicht aus, dass die Information zutrifft. Ich hatte zu keinem Zeitpunkt den Eindruck, dass Claudia nicht die Wahrheit sagt oder übertreibt. Dazu hat sie das Erlebte zu sehr getroffen, ja seelisch erschüttert. Hinzu kam, dass sie ja von den Eltern, vor allem der Mutter, der sie sich anvertraut hat, keine Unterstützung bekam. Vom Vater mal ganz zu schweigen."

„Ja, die Angst vor ‚den Leuten' bloßgestellt zu werden", sagte Joeres kopfschüttelnd. „Hatten Sie denn jemals Anlass zu vermuten, dass der Pfarrer derartige Neigungen hatte? Irgendwelche Auffälligkeiten?"

Aurelius Zahm, der der Unterhaltung bislang wortlos zugehört hatte, schaltete sich ein: „Wissen Sie", sagte er, „ich habe Ihnen ja bereits erzählt, dass wir zwar zusammen gearbeitet haben, aber einen engeren, persönlichen Kontakt, den gab es einfach nicht. Den hat er, ich nehme an bewusst, vermieden und wir haben das so hingenommen. Ich hätte nie vermutet, dass er sich ganz offensichtlich zu solchen unwürdigen Taten hinreißen lassen könnte."

Frau Zahm bestätigte die Aussage ihres Mannes. „Ich wäre nie auf die Idee gekommen", sagte sie, „alleine weil ich solche Taten einem Geistlichen niemals zugetraut hätte. Aber was geschieht denn jetzt weiter?"

„Also, was die Sexualdelikte oder Missbrauch von

Kindern angeht, da sind wir natürlich gar nicht zuständig", erklärte Haupt. „Aber da der in Verdacht stehende Täter ja tot ist, werden unsere Kollegen auch wohl keine Ermittlungen aufnehmen. Für uns ist aber der Gesichtspunkt interessant, ob ein Zusammenhang besteht zwischen diesen Neigungen des Pfarrers und seinem gewaltsamen Ende. Da werden wir uns noch ein paar Gedanken zu machen müssen. Ich danke Ihnen jedenfalls für Ihre Hilfe. Ich denke, dass die Ermittlungen damit einen neuen Anstoß bekommen haben."

Haupt stand auf und streckte Frau Zahm seine Hand entgegen. Auch Joeres bedanke sich noch einmal bei dem Ehepaar, bevor der Küster die beiden zur Tür geleitete. Mit einem freundlichen „Ich wünsche Ihnen viel Erfolg" verabschiedete er die Kommissare.

„Wenn die beiden zur Rede stehenden Fälle Claudia und Doris mal nicht nur die Spitze des Eisberges sind", sagte Haupt, als sie im Auto saßen. „Jetzt ist mir auch klar, warum er sich auch höchstselbst so intensiv um die Kinder- und Jugendarbeit bemüht hat und dies nicht dem Kaplan überlassen hat."

Joeres bog am Ende der Hospitalstraße nach links in die Hauptstraße. „Tja, wenn es nur die Spitze des Eisberges wäre, wovon wir, denke ich, ausgehen können, da wäre es schlecht bestellt um den guten Ruf der Gemeinde, um den alle so besorgt sind", meinte er trocken.

„Und was viel schlimmer ist: Jeder der Fälle taugt als

Motiv für einen Mord“, stellte Haupt sachlich fest. „Wenn ich mir vorstelle, irgendwer würde mein Kind missbrauchen, da ist es doch nicht unnatürlich, wenn man Gewaltphantasien entwickelt. Und bei manchen, die sich nicht so gut im Griff haben, bleibt es eben nicht nur bei Phantasien.“
„Die Frage ist doch: Wer hat davon gewusst? Wer war vielleicht sogar betroffen? Und wie kommen wir an die Informationen, ohne unser Gelübde, Claudia nicht zu kompromittieren, zu brechen. Und wir können ja nicht mit den Mädchen reden, ohne deren Eltern aufzuscheuchen. Was für eine Scheiße“, fluchte Joeres, während er den Dienstwagen an die Zapfsäule der BP – Tankstelle, im Volksmund nach dem Betreiber „Knolls-Pitter“ genannt, auf der linken Seite der Heiligackerer Straße fuhr.
Joeres ließ volltanken. Als er wieder in den Käfer gestiegen war, nahm Haupt den Gesprächsfaden wieder auf: „Wir können natürlich auch keinen öffentlichen Aufruf starten ‚Meldet Euch, Ihr Opfer!‘ Den Erfolg und das Echo kann ich mir jetzt schon vorstellen, vor allem, weil ja jeder, der sich meldete, vermuten würde, dass wir ihm oder ihr ein Motiv für den Mord unterstellen.“
„Das sagst Du???“ Joeres tat empört. „Wir unterstellen doch nie niemandem etwas. Wir untersuchen nur und stellen Fragen, aber unterstellen doch nichts, wenn ich einen einzelnen Ersten Kriminalhauptkommissar zitieren darf.“

„Danke für die Zurechtweisung“, grinste Haupt, „Du hast natürlich recht. Wir sind ja immer objektiv und korrekt, jedenfalls bemühen wir uns, wie konnte ich mich da nur so missverständlich ausdrücken. Feurige Kohlen auf mein Haupt!“

„Ja, feurige Kohlen auf Dein Haupt, Herr Haupt“, lästerte Joeres weiter. „Den eigenen Berufsstand derart zu verdächtigen!“

„Wobei Motiv unterstellen hin oder her“, überlegte Haupt laut, „der oder diejenige musste ja auch Gelegenheit gehabt haben, Hochwürden den Gashahn abzudrehen.“

„Also zurück auf Anfang“, fragte Joeres.

„So ganz ja nicht“, bemerkte sein Chef, „schließlich haben wir ja eine manifeste Idee, wo das Motiv zu vermuten ist.“

XIX.

Einem lagen die Informationen vor, die der Kriminalpolizei fehlten. Nervös ging Kaplan Benedikt Backes vor dem Fenster seines Dienstzimmers auf und ab, versuchte hin und wieder mit einem Blick in den Garten seine Konzentration zurückzuerlangen.

Nach dem überraschenden Tod des Pfarrers von St. Blasius hatte er vorübergehend dessen dienstliche Obliegenheiten übernommen, worunter auch das Beichtangebot für die bußfertigen Mitglieder der Gemeinde fiel. Bei dieser Gelegenheit hatte ein reuiger Pönitent einen Verstoß gegen das 5. Gebot bekannt. Seinen priesterlichen Pflichten gemäß hatte der Kaplan den Beichtenden die Absolution erteilt, zumal er den Eindruck hatte, dass der Sünder seine Taten aufrichtig bereute und bereit war, auf den Weg der Tugend zurückzukehren. Zugleich war bei ihm ein schaler Geschmack zurückgeblieben. Durch sein Wissen könnte eine Straftat aufgeklärt werden, deren Opfer zudem ein Geistlicher, der Gemeindepfarrer von St. Blasius, Johannes Franzen gewesen war. Seine Kenntnis über diese Tat hatte er allerdings nur erlangt, weil der reuige Sünder darauf vertraute, dass das Beichtgeheimnis den Priester an der Weitergabe seines Wissens bei Strafe unmittelbarer Exkommunikation hinderte.

Backes kratze sich am Kopf. Eigentlich war der Fall sonnenklar, doch wegen des besonderen Hintergrundes, schließlich war das Opfer ein Priester, hielt er es

für angebracht, sich des Rückhaltes der höheren Instanzen seiner Kirche zu versichern.
Es gelang ihm, den Zerberus[48] im Vorzimmer des Bischofs davon zu überzeugen, dass er seine Exzellenz auf jeden Fall und dringend sprechen müsste. „Mein lieber Benedikt", meldete sich seine Exzellenz jovial, „Laudetur Jesus Christus. Welchem Umstand verdanke ich Ihren Anruf? Man sagte mir, es sei dringend?"
„In Ewigkeit – Amen", antwortete der Kaplan, um fortzufahren: „Exzellenz, herzlichen Dank, dass ich ein wenig Ihrer kostbaren Zeit in Anspruch nehmen darf. Es geht mir darum, Ihre Meinung zu hören zum einem Thema, das mich aus aktuellem Anlass sehr beschäftigt: das Beichtgeheimnis. Kann ich gütigst mit Ihrer Zustimmung rechnen, wenn ich sage, dass es immer und unbedingt Gültigkeit hat, also unverbrüchlich ist?"
Der Bischof schien überrascht: „Beim Hl. Nepomuk[49], mein lieber Benedikt, was für eine seltsame Frage? Selbstverständlich! Das bedarf doch keines Anrufes bei mir. Das ist doch wohl wirklich das kleine Einmaleins des Kirchenrechts. Und nicht nur des Kirchenrechts!"
„Exzellenz, das ist mir selbstverständlich bekannt,

---

[48] Zerberus: in der griechischen Mythologie der Name des Wachhundes am Tor zur Unterwelt
[49] Johannes von Nepomuk (1350 – 1393), Brückenheiliger und Schutzpatron des Beichtgeheimnisses

aber als kleiner Kaplan wollte ich mich nur noch einmal höheren Orts versichern, ob ich mit meiner Ansicht auch richtig liege. Deswegen mit geziemender Devotion meine Nachfrage: Das gilt auch, wenn dadurch möglicherweise eine schwere Straftat unaufgeklärt bleibt?“, hakte Backes nach.
Der Bischof zögerte, da er zu ahnen begann, um was für eine schwere Straftat es sich möglicherweise handelte, bestätigte dann aber: „Das gilt selbstverständlich auch in einem solchen Fall, mein lieber Benedikt. Denken Sie an den Paragraphen 53 der Strafprozessordnung. Aber schließlich beschäftigen wir uns nicht in erster Linie mit der irdischen Gerichtsbarkeit. Sie wissen doch, dass das Sigillum confessionis[50] den Beichtvater zum unbedingten, und ich betone unbedingten Stillschweigen über das verpflichtet, was ihm während der Beichte anvertraut wurde. Das bedarf doch überhaupt keiner Nachfrage an höherer Stelle, wie Sie das formulierten“, sagte er mit einem Anflug von Kritik in der Stimme. „Aber ich verstehe“, fügte er wohlwollend hinzu, „dass es sich ja möglicherweise um einen ganz besonderen Fall handelt, was ich nur vermute, und Ihnen in einem solchen, nicht sehr alltäglichen Fall sehr daran lag, sich der Meinung eines lebenserfahrenen Seelsorgers zu versichern.“
„Exzellenz, ich bedanke mich für Ihren gütigen und unschätzbaren Rat“, schloss der Kaplan das Gespräch.

[50] Beichtgeheimnis

„Möge der Segen des Herrn auf Ihnen ruhen!“
„Gott segne Sie, lieber Benedikt!“, entließ ihn seine Exzellenz.
Der Bischof lehnte sich in seinen Schreibtischsessel zurück. Er atmete durch. „Da schau her“, dachte er sich. „Hat sich der Mörder vom Franzen gemeldet. Zum Glück können, dem Sigillum confessionis sei Dank, keine Einzelheiten bekannt werden, die uns womöglich peinlich sein müssten.“ Insgeheim bewunderte er den jungen Kaplan, dem es durch diplomatisches Geschick gelungen war, ihn vom Inhalt des Gesprächs zu informieren, ohne dabei formal gegen die Pflicht zur Verschwiegenheit zu verstoßen. „Der kann es einmal weit bei uns bringen“, sagte er sich. Jetzt war nur zu hoffen, dass nicht andere die Begleitumstände um den Tod des Pfarrers lüften würden. Je schneller Gras über die Geschichte gewachsen wäre, umso besser, damit die Dinge wieder ihren ganz normalen Gang gehen könnten.

XX.

Die Messe zur Beisetzung des Pfarrers mobilisierte noch einmal die Gemeinde in einem Maße, wie dies sonst bestenfalls zu Weihnachten registriert werden konnte. Alle Vereine wollten ihren Beitrag leisten, um einen würdevollen Abschied für Hochwürden zu gestalten. Der Musikverein Fidelitas 1883 e.V. unter der bewährten Leitung von Willi Zurbuchen, Zurbuchen-Will genannt, hatte die beruhigenden Klänge des „Salve Regina“ für seinen Vortrag ausgewählt, der Spielmannszug der Freiwilligen Feuerwehr unter der Stabsführung von Josef Schuster, besser als Schusters-Jupp bekannt, wollte aus seinem Standardrepertoire das Lied „Ich hat einen Kameraden“ intonieren als das Stück, das am ehesten für den Anlass geeignet schien. Und die gefürchtete Bläsergruppe der Kreisjagdvereinigung wollte es sich nicht nehmen lassen, am offenen Grab ein letztes „Jagd vorbei“ auf ihren Hörnern dem Verblichenen hinterher zu tröten. Aurelius Zahm hatte einen Auszug aus Gabriel Faurés[51] „Requiem“ vorbereitet und der Kirchenchor würde gemeinsam mit dem Kinderkirchenchor unter seiner Leitung Schuberts[52] „Ave Maria“ darbieten.
Kurzum, für einen feierlichen Rahmen des Ereignisses war gesorgt. Auch Abordnungen der anderen Vereine hatten ihre Plätze im Kirchenschiff eingenommen:

[51] Gabriel Faurés: Französischer Komponist 1845 - 1924
[52] Franz Schubert: Österreichischer Komponist 1797 - 1828

Der Vorstand des Schützenvereins St. Hubertus, die Vertretung der Katholischen Landfrauen, der Caritas, des Sport- und Turnvereins, des Heimatvereins und des Roten Kreuzes. Den Kaninchenzüchterverein repräsentierte Vorstandsmitglied und Tätowiermeister Mathias Knipser, von seinen Freunden Knippese-Tiss genannt.
In der ersten Reihe hatte man die Vertreter der Gemeindeverwaltung unter Leitung von Gemeindedirektor Dr. Bernhard van den Bosch platziert, flankiert von der Schwester des Toten, Elvira Renken und dem Pfarrer der evangelischen Gemeinde Niersbrück, Wolfgang Grünthaler, wobei zu bemerken ist, dass dem verblichenen Vertreter der katholischen Seite der Gedanken an eine interkonfessionelle Zusammenarbeit mit den Lutheranern vollkommen fremd war, er allein schon bei der Vorstellung Schwefelgeruch zu wittern glaubte, ihm eine Begegnung auf Augenhöhe mit den Anhängern des abtrünnigen Wittenbergers geradezu als absurd erschienen war. Aber auch die Leiter von Standesamt, Ordnungsamt und Gemeindekasse waren erschienen, nicht zu vergessen der Bürgermeister Herbert Schäfers. Vollzählig erschienen war selbstverständlich auch das Lehrerkollegium der Katholischen Volksschule unter Leitung des Rektors Norbert Stiller. Und auch der Vertreter der im Testament begünstigten Steyler Missionare, der Prokurator der Ordensprovinz Anselm Nothelfer, wohnte selbstverständlich der Beisetzung des großzügigen Erblassers in vorderster

Reihe bei.
Mit der Leitung der Exequien für den Gemeindepfarrer von St. Blasius hatte Bischof Kesselschmied den Weihbischof Hans Halfmann beauftragt. Er selbst hatte es vorgezogen, Termingründe vorschützend, der Beisetzung seines Bruders im Glauben fernzubleiben, um auf keinen Fall mit den unappetitlichen Begleitumständen bei dessen Heimgangs in Verbindung gebracht werden zu können. Um allen Eventualitäten vorzubeugen, hatte er sich von seinem Weihbischof sogar dessen Entwürfe der Wortbeiträge zu den Beisetzungsfeierlichkeiten zur Prüfung vorlegen lassen. Vertrauen ist gut, Kontrolle ist besser, so sagte er sich. Und so war sichergestellt, dass jedermann den Eindruck gewinnen konnte, als wäre der Pfarrer an jenem Sonntagabend bei der Lektüre eines erbaulichen Breviers friedlich entschlafen.
Aber nur die wenigsten ließen sich von dem sanften Eingebungen vom Altar herab einlullen. Denn längst hatten sich Gerüchte im Ort verbreitet, die in Zweifel zogen, dass Hochwürden stets auf gottgefälligen Pfaden gewandelt war, und von Weitergabe zu Weitergabe der vermeintlichen Erkenntnisse wuchs die Zahl der in Umlauf befindlichen, phantasievoll angereicherten Varianten.
Auch Töpfers-Tünn, Essers-Franz, Drenkmanns-Hein und Driessens-Pitter hatten das Thema am Haken gehabt, während sie vor dem Beginn des Gottesdienstes noch gemeinsam ihre Zigaretten qualmten.

„Mer weed ja noch nit, wer et woer“, seufzte Tünn.
„Nä, dat nit“, bestätigte Hein, „äwel se sullen en Spur hawe. Mer hüürt joa so einijes. Dä moss wahl nit so fromm jewese sin, wie dä immer jedon hätt.“
„Dat han isch och jehüürt“, pflichtete Franz sofort bei. Er machte eine obszöne Geste, wobei er den Daumen zwischen Zeige- und Mittelfinger quetschte.
“Wie? Poppen, dä? Wäm dann?”, staunte Pitter. „Die aal Söllerjet[53] ? Dat jlövse doch wahl selver nit! Op die kööse misch pudelnackisch dropbende, do wörd nix passiere!”
“Do hässe rait drin. Met där zesame op en einsame Insel, doa kresch isch nix wie Sand in min Schuh!”, bemerkte Tünn. „Äwel dat es et joa jarnit. Isch han jehüürt, dä sull sisch aan die Kenger ze schaffe jemaacht have. Köser üsch dat fürstelle: Aan die Kenger!“
„Aan die Kenger? Dat jlöv isch nit! Wer verzällt denn sujet?“, fragte Franz.
„Ja, isch han et och bloß jehüürt“, sagte Tünn. „In dr Sakristei, doa hätt dä die dann…“
„In dr Sakristei, doa hätt dä die?“, fragte Pitter ungläubig.
„Ja, so wird et verzällt“, bestätigte Tünn. „Se häde sisch pudelnackisch ussziehe mösse on dann hätt dä …“
„On dann hätt dä…“, empörte sich Hein. „Weed mer

[53] Mit dieser despektierlichen Bezeichnung ist wohl die Pfarrhaushälterin Schwester Agnes gemeint

denn, wäm?“
„On in sin Büro, sinne Schrank, dä sull full jewese sin mit so Heftkes, dat weed ihr joa met so pudelnackte Wiever“, ergänzte Tünn die Neuigkeiten.
„Nä, dat jeävet doch jarnit!“ entfuhr es Franz. „Woer dat sunn Ferke? Dä hätt doch immer so fromm jedon!“
„Joa, doa sühse ens. Die hohen Herren. Kumm, jon mer däm beerdije!“
Sie warfen ihre Kippen auf den Boden, traten sicherheitshalber noch die Glut aus und machten sich auf den Weg in die Kirche, bekreuzigten sich mit Weihwasser, deuteten einen Knicks vor dem Kreuz an, quetschten sich in eine der hinteren Bänke und harrten der Darbietungen, die da kommen sollten.
Geschickt hatte Weihbischof Halfmann im violetten Messgewand in seinem Rückblick auf Hochwürdens Leben die Klippen umschifft, die dem Ruf der Una Sancta hätten schädlich werden können, hatte Wesentliches ausgelassen, Unwesentliches dagegen ausgeschmückt und sich auf den nimmermüden Einsatz des Pfarrers für die „Heidenmissionierung “ in Afrika konzentriert – ein völlig unverfängliches Thema, denn wer hätte den Heiden in Afrika keine Zukunft im Paradies gegönnt, wenn schon die Gegenwart durch die Folgen von Kolonialismus und Krieg wenig erbaulich war.
Musikverein und Feuerwehrkapelle hatten alles gegeben, um sich musikalisch von Hochwürden zu verabschieden, die Lieder des Chores waren gesungen, die

Gebete gesprochen, und während die Prozession hinter dem Sarg aus dem Gotteshaus auf den alten Friedhof hinter der Kirche zur Grabstätte der verstorbenen Pfarrer zog, erinnerte das alte Kirchenlied „In Paradisum[54]" die Trauergemeinde an die Verheißung von Ruhe und ewigem Frieden im Himmel.
Mit wohleinstudiertem Gestus segnete Weihbischof Halfmann Hochwürdens letzte Ruhestätte mit Weihwasser und Kreuzzeichen, und während die Sargträger den Sarg hinabließen, sprach der Weihbischof die Bibelworte „Haltet mich nicht auf, denn der Herr hat Gnade zu meiner Reise gegeben[55]" , segnete den Sarg mit Weihwasser und Weihrauch. Dann hatten die Bläser der Kreisjagdvereinigung endlich ihren großen Auftritt und schmetterten auf ihren Hörnern dem Dahingeschiedenen ein letztes „Jagd vorbei" über das offene Grab.
Gemessen Schrittes trat Halfmann nun an das Grab, nahm das bereitliegende Schäufelchen, warf ein wenig Erde auf Hochwürdens Sarg und erinnerte mit den Worten "Von der Erde bist du genommen und zur Erde kehrst du zurück. Der Herr aber wird dich auferwecken" an die menschliche Vergänglichkeit. Die Trauergemeinde betete für das ewige Leben des Verstorbenen und des- oder derjenigen, der oder die ihm als nächste in die Ewigkeit folgen sollte. Dann murmelte man schleppend das Vaterunser.

---

[54] Deutsch: Ins Paradies mögen Engel dich begleiten…
[55] 1. Mose 24,56

Wie üblich trat nun die Trauergemeinde, Mann für Mann und Frau für Frau, nacheinander an das Grab, verharrten einen Augenblick im stillen Gedenken an den Heimgegangenen und warfen Blumen und ein wenig Erde auf den Sarg. Dann zerstreute sich die Gemeinde.

XXI.

Die Kommissare Haupt und Joeres hatten am Rande der Menschenansammlung das Geschehen verfolgt, aber keine Auffälligkeiten registriert, mit denen sie bei realistischer Einschätzung auch nicht gerechnet hatten, aber vielleicht doch darauf gehofft, möglicherweise einen Fingerzeig zu bekommen, der ihnen bei der Suche des Täters weiterhelfen würde. „Der Herr hat Gnade zu meiner Reise gegeben. Hast Du das gehört? Ob der das ironisch gemeint hat?“ bemerkte Haupt leise zu Joeres. „So etwas vor dem Hintergrund, dass der Mann vergiftet wurde. Das ist ja schon ziemlich hintersinnig!“
„Ja, soviel schwarzen Humor vermutet man gar nicht bei einer katholischen Beerdigung und dann auch noch von einem Weihbischof“, schaltete sich Manfred Strauch ein, der zu den beiden Beamten getreten war. „Guten Tag, die Herren!“
Joeres und Haupt kannten den Freizeitreporter, der für beide Provinzblätter die lokale Berichterstattung aus Niersbrück und Umgebung nebenberuflich betrieb und dabei selbstverständlich auch hilfreiche Kontakte zur Polizei unterhielt. Für die von ihm belieferten Blätter, den „Grenzland-Boten“ und den „Niederrheinischen Anzeiger“ hatte er auf dem Friedhof Fotos von der Segnung der Grabstätte durch den Weihbischof und dem Auftritt der Bläsergruppe geschossen, die er seinem großen Bericht über die

Beisetzungsfeierlichkeiten zur Illustration beifügen wollte. Dazu noch ein Foto von den prominenten Trauergästen aus der ersten Reihe. Ein Bild, so hieß es schließlich in Kreisen der Blattmacher, sagt mehr als tausend Worte und überdies: Jedes Bild brachte schließlich zehn Mark Honorar extra in die Kasse, was bei dem schmalen Zeilengeld seinen Aufwand erst lukrativ machte.
„Hallo Herr Strauch", begrüßte ihn Haupt, „Sie lauschen also heimlich den Gesprächen anderer Leute."
„Irgendwie muss man ja schließlich an seine Informationen kommen", entgegnete Strauch. „Sie rücken ja sonst mit nichts raus."
„Aber Herr Strauch, Sie wissen doch, wie das ist bei laufenden Ermittlungen", schaltete sich Joeres ein.
„Klar, das weiß ich doch", wiegelte Strauch ab. „Allerdings frage ich mich, ob da überhaupt etwas läuft. Eine konkrete Spur scheinen Sie ja noch nicht zu verfolgen, oder irre ich mich da?"
„Wir versuchen, wie stets bei unseren Fällen, aus den einzelnen Steinchen ein Mosaik zusammenzusetzen und irgendwann ergibt sich dann hoffentlich ein klares Bild, lieber Herr Strauch", sagte Haupt.
„Es wird viel geredet", warf Strauch mit vielsagender Miene ein.
„Zum Beispiel?", fragte Joeres.
„Zum Beispiel über den Lebenswandel des Pfarrers."
„Und was erzählen die Eingeweihten?", wollte Haupt wissen.

„Sagen wir mal so: Es soll wohl bei der Betreuung der Kinder und Jugendlichen an der erforderlichen Distanz gemangelt haben, und die Nähe – vor allem zu den Mädchen – hat er wohl in einigen Fällen deutlich übertrieben. Tatort Sakristei!“, berichtete Strauch.
„Wer sagt das?“, fragte Haupt nach.
„Sie wissen, wie das so ist bei Klatsch und Tratsch“, sagte Strauch. „Der eine erzählt es dem nächsten und so weiter, und am Ende kann man gar nicht mehr nachvollziehen, woher so eine Geschichte stammt. Aber es soll wohl, wie ich gehört habe, Getuschel unter den Schülern der 7. und der 8. Klasse an der Schule, also der Katholischen Volksschule natürlich, gegeben haben.“
„Soso, Getuschel … Wissen Sie, Herr Strauch, wir kümmern uns mehr um die Fakten. Und selbst wenn es sich beim Getuschel um Fakten handeln würde, ergäben strafrechtliche Ermittlungen, für die wir im Übrigen nicht zuständig wären, wohl kaum einen Sinn, da der Beschuldigte ja tot ist“, erklärte Haupt. „Da muss dann die Aufarbeitung an anderer Stelle erfolgen.“
„Aber es könnte doch ein Zusammenhang bestehen“, wandte Strauch ein. „Wenn es tatsächlich Verfehlungen der genannten Art gegeben hat, könnte da doch das Motiv des Täters liegen!“
„Herr Strauch“, Haupt klopfte ihm jovial auf die Schulter, „was täten wir nur ohne Sie. Da wären wir niemals selber drauf gekommen.“

„Na, dann hab‘ ich ja was gut bei Ihnen“, stellte Strauch lachend fest.
Da sich die Trauergemeinde nun nahezu vollständig aufgelöst hatte und sich in großer Zahl, soweit sie nicht zum offiziellen Leichenschmaus ins „Haus Ellen“ eingeladen waren, in die umliegenden Cafés und Kneipen geflüchtet hatten, um die Ereignisse noch einmal ausführlich zu analysieren und zu kommentieren, beschlossen die Kommissare, sich auf den Rückweg nach Kappesbosch zu machen. Sie verabschiedeten sich freundlich von Strauch, der zurückblieb. „So wie die beiden reagiert haben“, dachte der sich, „ist das genau die Spur, die sie verfolgen! Die tun nur so, als würde sie das nicht interessieren. Auf jeden Fall wissen die mehr!“
Stinnes‘-Bertha und Strahlens-Wisa hatten das Café „Dourlac“ ausgewählt, um nach dem Begräbnis noch ein wenig zusammenzusitzen, eine Idee, die auch noch viele weitere Teilnehmer gehabt hatten, so dass die beiden Freundinnen nur noch Platz fanden an einem Tisch, an dem bereits neben Hedwig Boentges auch Susanne Winkler saß. Beide hatten unter den gegebenen Umständen keine Einwände, dass die beiden älteren Damen am Tisch Platz nahmen.
„Et woer joa en schuene Beerdijung“, eröffnete Bertha das Gespräch. „On dä Chor hätt so wunderbar jesonge!“
Frau Boentges und Frau Winkler, die beide im Chor mitgesungen hatten, bedankten sich artig für das Lob,

wollten aber die anderen Mitwirkenden durchaus darin einbezogen wissen. „Ja, aber der Musikverein und die Feuerwehr haben ihre Sache ja auch sehr gut gemacht“, sagte Susanne Winkler.
„Op jeden Fall“, bestätigte Strahlens-Wisa. „On die herrlische Orjelmusik! Äwel ob et däm jet nötzt, weete mer joa nit.“
„Wie meinen Sie das?“, fragte Frau Boentges.
Die Bedienung unterbrach das Gespräch. Schnell waren die Bestellungen aufgegeben und Hedwig Boentges konnte ihre Frage wiederholen.
Strahlens-Wisa überlegte. „Min Enkelin“, hob sie an, „hätt misch verzällt, dat dä sin Finger nit von die Kenger hot losse künne. Dat hätt se in dr Schol jehüürt.“
Hedwig Boentges erbleichte. „Sowas hört man in der Schule?“, fragte sie entsetzt. „Um was für Kinder soll es sich denn handeln?“
Doch ehe Wisa antworten konnte, ergriff ihre Freundin das Wort. „Dat jlöv isch nit, dat dä Pfarrer sujet jedon hätt. Das es doch ene hillije Mann. Dat es en Sünde, su öwwer däm ze kalle.“
„En Sünde wüür et äwel och, wenn dat stimme würd, wat verzällt wird“, wandte Wisa ein. „Äwel wat för Kenger dat jewese sin sulle, dat weed isch och nit. Doa moss isch ens min Enkelin froare.“
Susanne Winkler verlegte sich darauf, das Gespräch auf ein anderes Thema zu lenken. Dabei kam ihr der Umstand zu Hilfe, dass die Bedienung Kaffee und Torte an den Tisch brachte und alle erst einmal ein

Schlückchen des braunen Getränks zu sich nahmen. „Ach, das ist doch immer wieder lecker, hier bei Dourlacs", sagte Susanne Winkler, eine Feststellung, die von den anderen am Tisch mampfend und kopfnickend bestätigt wurde, und zur Erleichterung von Frau Boentges und Frau Winkler drehte sich der Rest des Gespräches nun nicht mehr um die moralischen Entgleisungen des Verblichenen, sondern widmete sich der spannenden Frage, ob Gunter Sachs[56] nach der leidenschaftlichen Affäre mit der Ex-Kaiserin Soraya[57] in Brigitte Bardot[58] nun endlich die Frau fürs Leben gefunden hätte. Eine Frage, auf die man bis zum Ende des Aufenthalts im Café leider keine Antwort gefunden hatte[59].

---

[56] Gunter Sachs (1932 – 2011) Industriellenerbe, damals bekannter Playboy

[57] Soraya Esfandiary-Bakhtiary (1932 – 2001), von 1951 bis 1958 die Kaiserin von Persien durch die Ehe mit Schah Mohammad Reza Pahlavi von Persien (seit 1935 Iran). Wurde als Kaiserin ausgetauscht gegen Farah Diba, die dann endlich den ersehnten Thronfolger zur Welt brachte. Was man damals nicht wissen konnte: Der wurde aber gar nicht mehr benötigt, weil die Mullahs im Iran die Monarchie 1979 durch eine islamische Theokratie austauschten.

[58] Brigitte Bardot (*1934), französische Schauspielerin, Sexbombe und Tierschützerin

[59] Die Frage hatte sich 1969 durch die Scheidung der 1966 geschlossenen Ehe von selbst beantwortet.

XXII.

Für den Leichenschmaus im Haus „Ellen“ hatte sich der Weihbischof weisungsgemäß mit dem Hinweis auf seine vielfältigen sonstigen Verpflichtungen entschuldigen lassen, was jedermann einsah. Aber selbstverständlich waren die Honoratioren des Ortes der Einladung des Kirchenvorstandes gefolgt, schließlich gehörten einige Mitglieder dieses erlauchten Gremiums gleichzeitig dem Gemeinderat sowie diversen Vereinsvorständen an, und so saß man in trauter Runde und führte Gespräche, die bisweilen dem traurigen Anlass nicht unbedingt angemessen waren.

„Aber mal im Ernst“, meinte Pater Anselm Nothelfer zu seinem Tischnachbarn, Gemeindedirektor Dr. van den Bosch, „warum säuft der so eine Moselplörre? Kröver Nacktarsch! Da kriegt man doch Migräne von. Da hätte ich mir doch lieber einen schönen Frankenschoppen aus dem Steigerwald[60] vom Juliusspital[61] kommen lassen. Und wenn man so sagen will: Der ‚Nacktarsch‘ ist ihm ja auch nicht gut bekommen“, fügte er spitzbübisch grinsend hinzu.

„Und das vermutlich in verschiedener Hinsicht? Sie

---

[60] Steigerwald: Mittelgebirge zwischen Würzburg, Schweinfurt, Bamberg und Nürnberg mit einer Vielzahl von bekannten Weinorten von Abtswind, Castell über Iphofen bis Volkach.

[61] Juliusspital: Würzburger Weingut (zweitgrößtes Weingut in Deutschland). Bei der Krönung von Elisabeth II. (1953) wurde eine 1950er Riesling Auslese aus der Lage Iphöfer Julius-Echter-Berg ausgeschenkt.

wissen doch wohl, was hier im Ort geredet wird", murmelte Dr. van den Bosch, um dann auf die Weinempfehlungen des Prokurators einzugehen: „Diese Frankenweine sind mir im Allgemeinen zu trocken", wandte er ein, „ich habe da mal ein paar Flaschen Silvaner aus dem Haus Castell geschenkt bekommen. Staubtrocken sage ich Ihnen. Bekomme ich nur Sodbrennen von. Das Zeugs verätzt mir die Magenwände. Da würde ich einen badischen, süffigen Gewürztraminer oder einen spritzigen, südtiroler Weißburgunder bevorzugen, aber das ist ja Geschmackssache."

Noch bevor sich aus dem Wortwechsel der beiden Herren ein önologischer[62] Expertenstreit entwickeln konnte, unterbrach der Vorsitzende des Kirchenvorstandes, Herbert Tenbrok, alle Gespräche, indem er mit seinem Kaffeelöffel an seine Tasse klopfte.

„Liebe Trauergäste", begann er, „ich freue mich, dass Sie alle unserem Pfarrer Johannes Franzen das letzte Geleit gegeben haben und der Einladung unseres Kirchenvorstandes gefolgt sind, hier, im Kreise derer, die ihm besonders nahe standen, seiner besinnlich zu gedenken. Nicht nur sein Tod hat uns tieftraurig gestimmt. Traurig stimmt uns auch, dass, wie die meisten von Ihnen wissen, über ihn, einen treuen Diener unserer Kirche, Gerüchte in Umlauf gesetzt wurden, über die man sich als Mitglied der Gemeinde nur schämen kann. Schämen kann dafür, dass die Integrität

[62] Önologie: Die Wissenschaft von der Weinherstellung

eines verdienten Geistlichen derart in Frage gestellt wird und es manchen offensichtlich an Respekt vor einem Vertreter unserer Kirche fehlt, der im Namen unseres Herrn Jesus Christus gehandelt hat. Wie soll man anderenorts über uns denken, wenn das Andenken unseres Pfarrers derart besudelt wird? Wie steht unsere Gemeinde da? Auch daran sollte man denken, denn wie heißt es im 8. Gebot: Du sollst nicht falsch Zeugnis reden wider Deinen Nächsten. Aber genug davon", sagte er mit einer abwinkenden Handbewegung. „Schließlich wollen wir nicht nur im Glauben gestärkt von diesem Ereignis nach Hause gehen, sondern wir haben selbstverständlich auch für Ihr leibliches Wohl gesorgt. Die Küchenmannschaft hat hier ein kleines Buffet aufgebaut, an dem Sie sich nun gerne bedienen dürfen, um dann mit guten Gesprächen diese Zusammenkunft ausklingen zu lassen. Greifen Sie zu, lassen Sie es sich schmecken!"

Schnell hatte sich die Schockstarre auf vielen Gesichtern über die jähe rhetorische Wende wieder gelöst und schon scharrten die ersten Stühle.

„Na, der Mann hat sich ja ganz schön aus dem Fenster gelehnt", sprach Pater Anselm den Kaplan an, als der sich gerade eines der lecker aussehenden, geräucherten Forellenfilets von dem üppigen, rustikalen Buffet auf den Teller schaufelte, auf dem schon zwei Frikadellen und eine Portion Krautsalat warteten.

„So kann man das wohl nennen, aber der Mann ist Ortsvorsitzender des Bauernverbandes, der kann nicht

anders. Immer ein bisschen zu dick aufgetragen. Alte Rehwinkel'sche[63] Schule", antwortete Backes.
Pater Anselm kämpfte mit einer Roastbeefscheibe, die sich partout nicht unfallfrei auf seinen Teller hieven lassen wollte. Schließlich gelang es, nur der aufgespritzte Remouladentupfer dekorierte nun das Tischtuch.
„Aber wie ich vernommen habe, gab es doch schon einige Merkwürdigkeiten bei Hochwürdens Heimgang", legte er nach.
„Dem Eintritt des Erbfalles, von dem Sie bzw. die von Ihnen vertretene Stiftung jetzt profitiert, wurde schon nachgeholfen. Das steht nach Angaben der Kripo jedenfalls fest", antwortete Backes und ergänzte mit schelmischen Blick: „Wäre ich jetzt Polizist, würde ich sagen: Sie haben ein Motiv!"
„Aber zum Glück auch ein hieb- und stichfestes Alibi", konterte der Pater lachend. „Was ist denn dran an dem Gerede über die – sagen wir mal – nicht unbedingt standesgemäße Lebensweise unseres Bruders im Glauben?"
Der Kaplan überlegte kurz. „Hat nicht jeder von uns hin und wieder menschliche Schwächen und sündige Gedanken. Das kann man doch bei niemandem

[63] Edmund Rehwinkel (1899-1977), Agrarfunktionär, 1947 – 1971 Präsident des Niedersächsischen Landvolks, 1948 -1959 erster Vizepräsident des Deutschen Bauernverbandes, 1959 – 1969 dessen Präsident. Ihm wird die Lobbyistenweisheit „Lerne klagen, ohne zu leiden" zugeschrieben.

ausschließen. ‚Wer unter euch ohne Sünde ist, der werfe den ersten Stein…‘, wie unser lieber Herr Jesus Christus den Schriftgelehrten und Pharisäern sagte[64].“
„Wer wirft mit Steinen?“, schaltete sich der Gemeindedirektor ein, der sich gerade ein Schälchen von der Kartoffelsuppe mit Einlage geholt hatte und hinter ihnen stand.
„Oh niemand“, versicherte der Kaplan schnell, „wir sprachen nur über das Menschliche an sich und gelegentliche Schwächen, die jeden von uns befallen können.“
„Ja, bei diesem großartigen Buffet, da kann man schon schwach werden. Na, dann lassen Sie es sich mal schmecken, meine Herren“, meinte der Gemeindechef und ging zurück an den Tisch.
Auch der Kaplan und der Pater kehrten mit ihren gut beladenen Tellern auf ihre Plätze zurück, an dem auch schon die meisten anderen mit den eroberten Köstlichkeiten beschäftigt waren, deren Qualität und Schmackhaftigkeit nun auch im Mittelpunkt der Gespräche standen. Man lobte Kartoffelsuppe und Räucherfisch, das Roastbeef, die Mettbrötchen und die exquisiten Salate, die Frikadellen, aber auch die Schokoladencrème, die Rote Grütze und den Käsekuchen. Haus „Ellen“ stand eben für gutes Essen, so die einhellige Meinung, und als nach dem Kaffee noch wahlweise Kirsch- oder Birnengeist gereicht wurde, stand

[64] Johannes 8,7; Matthäus 7,1; Lukas 6,37

für alle fest, dass man schon lange nicht mehr eine so schöne Beerdigung erlebt hätte.

XXIII.

Die Kommissare hatten sich entschlossen, ihre eigene Art von Leichenschmaus bei Kati und Schorsch abzuhalten. Es war recht voll im „Burgbräu", als Haupt und Joeres das Lokal betraten. Die große Anzahl von jungen Leuten ließ vermuten, dass es wieder mal Unterrichtsausfall am nahegelegenen „Gymnasium Augustinum" gegeben haben musste, jedenfalls wurden rund um den Kickertisch lautstark die Aussichten der deutschen Fußballnationalmannschaft bei der im kommenden Jahr bevorstehenden Weltmeisterschaft in England erörtert, nachdem die DFB-Elf im jüngsten Qualifikationsspiel gegen Zypern überlegen mit 5:0 Toren gesiegt hatte[65].

„Hallo, die Herren! Was machen die Mörder?", begrüßte sie der Chef leutselig.

„Die Mörder mördern und ihre Opfer opfern", kalauerte Joeres zurück. „Sag uns lieber, was Du heute für uns Leckeres im Angebot hast!"

Schorsch empfahl den Erbseneintopf mit Einlage , den Kati „mit Speck und viel Liebe" zubereitet hätte[66]. Einem Vorschlag, dem die Kommissare gerne folgten,

---

[65] Bekanntlich reichte es im Endspiel am 30. Juli 1966 nur zur Vize-Weltmeisterschaft, ein Spiel, bei dem eine skandalöse Fehlentscheidung des sowjetischen Linienrichters Tofiq Bachramow (1925 – 1993) in der Verlängerung („Wembley-Tor") Fußballdeutschland für lange Zeit massiv traumatisierte.

[66] Rezept im Anhang

zumal ihnen der Preis mit 4,80 DM[67] recht günstig vorkam.
Wie stets hatten sich Haupt und Joeres einen Tisch im hinteren Teil des Lokals ausgesucht.
„Ich hätte ja gerne mal Mäuschen gespielt beim Leichenschmaus der Dorfhonoratioren“, sagte Haupt.
„Na, zum Glück ist uns das erspart geblieben“, meinte Joeres, während er sich schon mal ein wenig Wasser ins Glas goss.
„Es war schon bemerkenswert, wie dieser Weihbischof aus Aachen völlig ausgeblendet hat, dass Hochwürden einem Mord zum Opfer gefallen ist. Kein Wort, nicht eine Andeutung. ‚Der Herr hat Gnade zu meiner Reise gegeben‘ – das ist schon ein dicker Hund. Ironie bei der Beerdigung!“
„Das hat Dir gefallen, oder? Das erwähnst Du schon zum zweiten Mal.“ Joeres grinste, dieweil Schorsch ihre Suppenterrinen auf den Tisch balancierte, „einen guten Appetit“ wünschte und vergeblich versuchte, ein wenig von dem Gespräch der Kriminalisten und ein paar interessante Hinweise zu erhaschen.
„Dabei stimmt es doch“, legte Joeres nach. „Du weißt doch, dass kein Spatz vom Dach fällt, wenn es nicht der Wille des Herrn ist. Also, was gibt’s da zu

---

[67] DM = Deutsche Mark, von 1948 bis 2002 gültige Währung zunächst in den Westzonen, dann ab 1949 in der neu gegründeten Bundesrepublik und ab 1. Juli 1990 auch in der DDR (Währungsunion). Ältere rechnen zum Teil heute noch Preise in DM um: 10 Euro sind 20 Mark in „richtigem Geld“ (genau: 19,5583 DM).

meckern?"
„Gut, dass unser Arbeitgeber sich diese fatalistische These nicht zu eigen macht", lachte Haupt. „Dann wären wir arbeitslos. Also, lass es Dir erst einmal gut schmecken. Mal sehen, was Kati da gezaubert hat!"
Genießerisch biss er in den kross gebratenen Streifen von durchwachsenem Speck, mit dem die Erbsensuppe dekorativ angerichtet worden war.
„Dieser Reporter da…", sagte Haupt, während er seine Suppe löffelte.
„Der Strauch?"
„Ja genau, der" fuhr Haupt fort. „Der hat das ja richtig erkannt, dass es durchaus einen Zusammenhang geben könnte zwischen dem Mord an Hochwürden und dessen Übergriffen auf seine Schutzbefohlenen. Unter diesem Aspekt müssen wir uns einfach noch mal alle vorknüpfen, die Gelegenheit gehabt haben, ihm das Gift unterzujubeln. Denn wir wissen ja: Der große Unbekannte kann es nicht gewesen sein[68]"
„Agatha Christie sei's geklagt: Der kann es nicht gewesen sein", bestätigte Joeres. „Ich freu mich schon, den Vater von diesem Messdiener wieder vor mir sitzen zu haben."
„Oh je", stöhnte Haupt, „den Gewinner der Atlantikschlacht? Wäre prima, wenn wir uns den Idioten von Hals halten könnten. Vielleicht kommen wir dann an seinen Jungen ran."

---

[68] Vgl. Anmerkung 24

„Ich fürchte, daraus wird nichts“, meinte Joeres nur resigniert. „Ich denke, ich bin dran mit Zahlen heute. Lass mal stecken“, bedeute er seinem Kollegen, der dabei war, sein Portemonnaie heraus zu kramen.
„Und die Herren, satt geworden?“, fragte Schorsch, während er die Scheine, die Joeres ihm gereicht hatte, in seine Kasse sortierte. Die Kommissare versicherten ihm, dass Kati eine großartige Suppe gezaubert hätte, die man bei den Kollegen weiterempfehlen werde. Dann machten sie sich auf den kurzen Weg ins Präsidium.

XXIV.

Hannes hatte nach der Beisetzung des Pfarrers auf Claudia gewartet, die im Chor mitgesungen hatte. Hand in Hand schlenderten sie über den Marktplatz, um auf dem Heimweg bei der Eisdiele in der Hauptstraße vorbeizuschauen. Sie bestellten sich zweimal Spaghetti-Eis, für das besonders Claudia so schwärmte.

„Der wird Dich nicht mehr belästigen", sagte Hannes grimmig. „Der wird niemanden mehr belästigen!"

„Glaubst Du, dass der in den Himmel kommt?", fragte Claudia, ohne auf Hannes' Bemerkung einzugehen.

„So ein altes Ferkel? Das kann ich mir nicht vorstellen", meinte Hannes.

Jemand hatte der Musikbox 20 Pfennig geopfert und rief die Beatles mit ihrem Song „I want to hold your hand" auf den Plan.

„Aber wäre das nicht eine seltsame Vorstellung: Ein katholischer Priester, der in der Hölle schmort?", wandte Claudia ein. „Gott vergibt den Menschen ihre Sünden, heißt es doch immer."

„Bei dem nicht! Wer sich als Diener des Herrn und seiner Kirche derart versündigt, hat keine Gnade verdient. Und vor der Vergebung der Sünden steht die Reue und der Wunsch nach Besserung! Da sehe ich schwarz für ihn. Aber von mir aus soll Gott auch ihm vergeben!"

Der Beatles - Fan hatte inzwischen „A hard day's

night[69]" gedrückt, während Bruno ihre Bestellung brachte. Ihn hatte es mit seinem Bruder Silvio und ihren Familien vor ein paar Jahren aus einem Dorf in den Dolomiten in der Nähe von Cortina d'Ampezzo[70] nach Niersbrück verschlagen, wo sie die inzwischen gut frequentierte Eisdiele betrieben und nebenbei beinahe schon das weitverbreitete Vorurteil ausräumen konnten, dass alle Italiener Mafiosi wären, jedenfalls konnte man ihr Lokal, da waren sich die Kunden sicher, einigermaßen angstfrei betreten.

Hannes und Claudia löffelten ihr Eis. „Man weiß ja immer noch nicht, wer den auf dem Gewissen hat", sagte Claudia.

„Aber dafür weiß man, was der auf dem Gewissen hatte", antwortete Hannes. „Dafür hat er seine Strafe, und alles andere, mal ehrlich, ich weiß gar nicht, ob das noch so wichtig ist. Wer will das jetzt noch wissen? Wem bringt das was? Wenn es Gottes Wille ist, dass das Geschehen im Dunkeln bleibt, dann ist das eben so."

Claudia war beeindruckt, von Hannes' spitzfindiger Argumentation. Der könnte vielleicht doch noch mal den Weg auf eine Jesuitenschule schaffen. „Dann denkst Du, es wäre gar nicht so schlimm, wenn die Tat

---

[69] „Sympathy for the devil" von den Rolling Stones hätte besser zum Thema der beiden gepasst, war damals aber noch nicht geschrieben.

[70] Cortina d'Ampezzo: Wintersportort in Norditalien, Austragungsort der Olympischen Winterspiele 1956

nicht aufgeklärt wird?“, fragte sie erstaunt.
Hannes zog die Schultern hoch. „Aber da hat doch niemand was davon“, sagte er. „Außer der Polizei vielleicht“, fügte er hinzu.
„Aber trotzdem“, protestierte sie kopfschüttelnd, „das war auch eine Sünde. Nicht nur was der getan hat!“
„Gott vergibt den Sündern, die bereuen“, entgegnete Hannes. „Gott kann sogar gnädig sein, wo es ein Mensch nicht verdient.“
„Das hast Du toll gesagt, Hannes“, meinte Claudia. „Was Du alles weißt? Lernt man das als Messdiener?“
„Nicht direkt“, antwortete ihr Freund, „aber ich hab mir schon mal Bücher in der Gemeindebibliothek ausgeliehen, weil mich Religion eben interessiert hat. Wie sieht's aus: Wollen wir gehen?“
Gerne ließ Claudia sich von Hannes einladen, der sich als Zeitungsausträger ein bisschen was zum Taschengeld dazuverdiente und sich deswegen eine gewisse Großzügigkeit gegenüber seiner Freundin leisten konnte. Brunos freundliches „Ciao ragazzi [71]“ erwiderten sie ebenfalls gekonnt auf Italienisch mit „Ciao Bruno“.
Sie gingen die Hauptstraße hinunter bis zur Alten Schule, schlenderten die Hospitalstraße hoch vorbei an dem alten, hölzernen Feuerwehrturm, der Gärtnerei und dem Tante-Emma-Laden. Am Ende der Straße trennten sie sich.

---

[71] Lange bevor Adriano Celentano aus dem Spruch sein Lied „Ciao ragazzi“ machte!

„Tschüss“, sagte Hannes und gab Claudia einen zarten Kuss.
„Tschüss, bis dann“, sagte Claudia, sah ihn liebevoll an und bog nach links in den Friedhofsweg, während Hannes sich nach rechts in die Heidestraße orientierte.

XXV.

Kriminalrat Harnischfeger hatte Haupt und Joeres um 11.30 Uhr zu sich gebeten. Ohne langes Vorgeplänkel kam er zur Sache.
„Meine Herren, wie sieht es aus im Fall des Pfarrers? Was für Ergebnisse liegen bislang vor?“
Haupt gab eine Übersicht über den Stand der Ermittlungen, kam aber zu dem ernüchternden Ergebnis, dass zwar zweifelsfrei feststünde, dass Franzen vergiftet worden sei, es verschiedene Personen gäbe, die Gelegenheit gehabt hätten, dem Wein das Gift zuzusetzen, aber es hinsichtlich des Motivs für die Tat noch viele offene Fragen gäbe, weswegen man nun noch einmal überprüfen wolle, ob ein Zusammenhang bestünde, zwischen den sexuellen Übergriffen des Pfarrers auf die Jugendlichen und der Tat.
Harnischfeger sah sich etwas ratlos in seinem Büro um. „Das ist wenig“, sagte er, „sehr wenig. Ich bekam schon eine Anfrage vom OKD[72], ob wir daraus eine Hängepartie machen wollten. Offensichtlich liegen dem sein Parteifreund van den Bosch und dieser Bischof in den Ohren. Jedenfalls sollten wir bald etwas vorweisen können.“
Haupt sah auf seine Fingernägel. „Wie gesagt, wir können den Kreis derjenigen, die die Möglichkeit gehabt hätten, eingrenzen, aber wir sehen bislang kein

[72] OKD: Behördenkürzel für Oberkreisdirektor

Motiv.“ „Und“, fügte er hinzu, „die eine ist die Pfarrhaushälterin und die anderen beiden sind Messdiener, beide 13 Jahre alt. Und dann wäre da theoretisch noch der Kaplan, der einen Schlüssel für die Sakristei hat und als einziger ungesehen hätte dort hineingelangen können. Aber warum hätte er das tun sollen?“
Harnischfeger stand auf und trat ans Fenster. „Hätte und könnte bringt uns leider nicht weiter. Was ist denn mit dieser Haushälterin. Für die wäre es doch am einfachsten gewesen, ihm das Gift zu verabreichen? Und hab ich nicht in der Akte gelesen, dass die sogar versucht hat, Beweismittel zu beseitigen? Die Weinflasche? Und dass sich ihre Fingerabdrücke auf der Flasche befanden? Na also! Das ist doch ein Ansatz!“
Haupt bemühte sich ruhig zu bleiben. „Die Fingerabdrücke hätten auch auf die Flasche kommen können, als sie das Ding in den Müll befördert hat“, argumentierte er.
Sein Chef unterbrach ihn: „Da sehen Sie mal, wie raffiniert die vorgegangen ist, um uns irrezuführen! Gerade das spricht doch dafür, dass sie es war!“
„Aber warum hätte sie das machen sollen?“, schaltete sich Joeres in das Gespräch ein.
„Warum, warum?“ Harnischfeger ruderte mit den Armen. „Aus verschmähter Liebe. Mein Gott, jahrelang kümmert sie sich hingebungsvoll um ihren angebeteten Pfarrer und muss dann feststellen, dass dieser Perversling es mit diesen jungen Dingern treibt. Da wäre sie doch nicht die erste, die zum Gift greift. Oder

vielleicht hat er ständig an ihrem Essen rumgemäkelt, was weiß ich. Jedenfalls sollten Sie mal in diese Richtung weiterermitteln. Setzen Sie die mal ordentlich unter Druck. Dann wird die schon gestehen!“

Haupt sah ein, dass es nicht klug wäre, zu widersprechen. „Selbstverständlich“, betonte er, „werden wir Ihrem Vorschlag folgen. Zugleich sollten wir aber auch den beiden Messdienern noch einmal auf den Zahn fühlen. Vielleicht waren ja nicht nur die beiden Mädchen Opfer von Hochwürden. Da könnte ja auch ein Motiv liegen. Wir möchten uns ja nicht vorwerfen lassen, dass wir am Ende etwas übersehen haben!“

„Nein, nein! Keineswegs!“ Harnischfeger unterstrich seine Meinung mit heftigen Gesten. „Etwas übersehen, das sollten wir nicht. Auf keinen Fall! Also, meine Herren! Sie wissen, was zu tun ist!“ komplimentierte er Haupt und Joeres hinaus.

Wieder in ihrem Büro sahen Haupt und Joeres ein wenig verzweifelt an.

„Was ist denn mit dem los?“, stöhnte Joeres. „Der muss ja mächtig unter Druck stehen. Hauptsache wir haben jemanden, egal wie die Beweislage ist! Das kann doch wohl nicht wahr sein!“

Haupt zog die Augenbrauen hoch. „Du hast doch gehört. Der OKD macht Dampf – und wahrscheinlich nicht nur der! Schließlich ist demnächst Bundestagswahl und da will man sich in seiner Partei doch in Puncto „Innere Sicherheit“ nichts vorwerfen lassen.“

„Stimmt“, sagte Joeres. „Halla muss ja noch einmal

über die Hürde![73]"
„Nicht nur Halla[74] ", lachte Haupt. „Auch sein Parteifreund Horst Hammacher möchte diesmal ja den Sprung vom Kreistag Kappesbosch in die Belétage der deutschen Politik schaffen. Und da will man natürlich auch auf eine blitzsaubere Kriminalstatistik verweisen können."
„Na dann, nehmen wir doch einfach die Haushälterin fest", sagte Joeres schmunzelnd.

---

[73] Gemeint war damit in CDU-Kreisen, dass Bundeskanzler Ludwig Erhard bei der Bundestagswahl am 19. September 1965 noch einmal als „Wahllokomotive" für die CDU/CSU antreten musste, obwohl seine innerparteilichen Konkurrenten Eugen Gerstenmaier, Gerhard Schröder, Rainer Barzel und der CSU-Vorsitzende Franz-Josef Strauss Erhard für komplett ungeeignet für das Amt und sich selbst schon bei der Kür des Adenauer-Nachfolgers 1963 für die weitaus geeigneteren Kandidaten hielten, sich aber nicht als „Königsmörder" aus der Deckung trauten. CDU und CSU gewannen die Wahl mit nahezu absoluter Mehrheit (47,6%), aber Erhard musste am 30. November 1966 als Bundeskanzler zurücktreten, was seinen Vorgänger Konrad Adenauer zu dem Kommentar veranlasste: „Hauptsache, einer ist weg."

[74]Bei Halla (1945- 1979) handelte es sich um eine Hessenstute, die mit Hans Günter Winkler (1926 – 2018) im Sattel 1954 und 1955 Weltmeisterin im Springreiten wurde, 1956 Doppelolympiasiegerin sowie 1960 nochmals Olympiasiegerin mit der Mannschaft.

XXVI.

Diesmal hatte man für die Befragung der Messdiener die Amtshilfe der Niersbrücker Kollegen in Anspruch genommen und sowohl Hannes Brüggemann als auch Erich Winkler in das lokale Polizeirevier in der Heidestraße bestellt.

Die beiden Messdiener wiederholten ohnehin nur das, was sie bei ihrer ersten Befragung gesagt hatten: Keine außergewöhnlichen Vorkommnisse in der Sakristei oder während der Messe. Die Gerüchte über die Übergriffe des Pfarrers hatten sie, so gaben sie an, in der Schule gehört bzw. in Kreisen der Messdiener, die sie wiederum in der Schule gehört hätten. Unter dem scharfen Blick von Oberkommissar Joeres gelang es sogar Hannes' Vater, sich unter Kontrolle zu halten, wenn auch, wie unschwer zu erkennen war, nur mit äußerster Mühe. Zum Gelingen hatte vielleicht auch beigetragen, dass Joeres demonstrativ ein Paar Handschellen vor ihm auf den Tisch gelegt hatte.

Als Hannes und sein Vater den Raum verlassen hatte, grinste Haupt. „Wie friedlich unser Weltkriegsveteran heute war! Ich bin begeistert. Aber Du hast den ja auch mit Blicken förmlich auf seinem Stuhl festgenagelt. Alle Achtung."

„Ja, da sieht man: Der hat noch Respekt vor der staatlichen Autorität! War doch nicht alles umsonst", frotzelte Joeres.

„Ich frag' mich, ob das, was hier gemacht haben, nicht

völlig umsonst war“, seufzte Haupt. „Das hat uns keinen Schritt weitergebracht!“
„Na, mal sehen, was unsere ‚Hauptverdächtige‘ uns Neues zu berichten hat“, meinte Joeres. „Obwohl, naja, komm lass‘ uns rüber gehen ins Pfarrhaus…“
Um dorthin zu gelangen, mussten sie zunächst an Schlag-Mattes vorbei, der im Revier die Stellung hielt.
„Und die Herren, habt ihr den Täter?“, fragte er interessiert.
Weder Haupt noch Joeres waren in der Stimmung, ernsthaft auf die Frage des Kollegen vom Dorf einzugehen.
„Sie wissen doch, Herr Kollege, Giftmörder sind meistens Frauen, so die Statistik“, sagte Joeres, „und wir gehen jetzt mal rüber zu der Haushälterin, Schwester Agnes. Und: Danke für Eure Gastfreundschaft! Bis die Tage!“
„Bis die Tage“, murmelte Mattes staunend. Was hatte das zu bedeuten? Erst der Hinweis auf die Giftmord-Statistik und dann die Ankündigung, sie gingen jetzt zu Schwester Agnes. Da schien es doch wohl nur eine Lösung zu geben. Er griff zum Telefon. „Hässe dat all jehüürt: Die verdächtijen die Schwester Achnes! Ja, wenn isch et doch saach. Die woeren doch jrad heei! On jetz sin die na et Pfarrhaus rüvver on knüpfen sisch die Aal vor. Äwel dat bliv onger ons, verstande? Joa, bis nachher! Wat jeävet Leckeres zum Essen diesen Oavend?“
Aber seine Frau Rosemarie, genannt Rosi, hatte jetzt

andere Sorgen, als sich Gedanken über das Abendessen zu machen. Diese Nachricht musste unters Volk, und so hatte das Gerücht schon seinen Anfang genommen, noch bevor die beiden Beamten das Pfarrhaus in der Hellenhofstraße erreicht hatten. Sie hatten sich bei Schwester Agnes telefonisch angemeldet, die sie arglos in Empfang nahm und in die Küche führte. „Ich habe hier im Haus nur ein kleines Zimmer. Sie nehmen es mir deshalb hoffentlich nicht übel, wenn ich Sie in der Küche, meinem Reich sozusagen, empfange“, entschuldigte sie sich. „Dafür gibt's auch einen guten Kaffee!“
Den konnten die Beamten nach dieser Einleitung nicht ablehnen.
„Schwester Agnes, wir haben noch einige Fragen“, eröffnete Haupt das Gespräch. „Es steht ja fest, dass das Gift, das dem Pfarrer zum Verhängnis wurde, in dem Wein war, den er an dem Abend getrunken hat. Sie haben bei unserem ersten Gespräch ausgesagt, dass sie wussten, dass er das zu tun pflegte.“
„Ja, er sagte ja immer, man kann so eine Flasche nicht offen stehenlassen. Dann wird der Wein schlecht. Ich versteh ja nix davon, aber der Pfarrer war ja ein studierter Mann. Und schließlich darf der sich ja auch mal wat jönnen.“
„Sicher, Schwester Agnes, aber warum haben Sie dann versucht, die Flasche vom Tatort verschwinden zu lassen?“ hakte Haupt nach.
„Wat heißt hier ‚verschwinden lassen‘?“, erregte sich

die Haushälterin. „Da lag der tote Pfarrer vor mir und der Dr. Maaßen sollte jleich kommen. Wat sollte der denn denken, wenn da die Flasche rumsteht und dat Jlas? Dat isch nit für Ordnung sorsch?"
„Ja, aber immerhin handelte es sich um ein Beweismittel, das Sie vom Tatort entfernt haben", warf Joeres ein.
Schwester Agnes war außer sich. „Wat heijßt hier ‚Beweismittel' und ‚Tatort'. Erstens wusste isch doch nit, dat et enne ‚Tatort' war und dat et en ‚Beweismittel' war. Woher sollt isch dat denn wissen? Isch hab et doch nur juut jemeint, wejen dem Dr. Maaßen", protestierte sie verzweifelt. „Un isch hab Ihnen doch selber von der Flasche erzählt un se Ihnen auch in der Mülltonne jezeischt!"
Haupt sah sich etwas hilflos in der Küche um, als könne in irgendeiner Ecke des Raumes ein Zeichen an der Wand erscheinen. So würde man nicht weiterkommen.
„Schwester Agnes", sagte er, „ich möchte Ihnen einen Vorschlag machen: Ich möchte Sie mit meinem Vorgesetzten bekannt machen, Herrn Kriminalrat Harnischfeger. Zugleich möchten wir Ihre Aussage gerne auf dem Tonband protokollieren. Dazu müssten Sie uns bitte ins Präsidium nach Kappesbosch begleiten. Wären Sie dazu bereit?"
„Ich hab hier zwar viel zu tun", stöhnte Schwester

Agnes, „aber wenn et dr Wahrheitsfindung dient[75]. Isch saach bloß eben noch däm Kaplan Bescheid."
„Lassen Sie mal, das machen wir schon", sagte Joeres. „Kommen Sie mit. Ich begleite Sie schon mal zu unserem Auto."
Während Joeres Schwester Agnes zu dem Wagen führte, der vor dem Pfarrhaus geparkt war, klopfte Haupt an das Büro, in dem er den Kaplan vermutete. Tatsächlich saß der auch hinter dem Schreibtisch.
Haupt blieb in der geöffneten Tür stehen. „Herr Backes", sagte er, „wir müssen Ihnen Schwester Agnes entführen. Sie wird uns nach Kappesbosch begleiten. Dort werden wir die Befragung weiterführen in Gegenwart unseres Vorgesetzen. Ich muss Sie dafür um Verständnis bitten. Vielen Dank!"
Und bevor Backes irgendwelche Fragen stellen konnte, hatte er die Tür zugezogen, verließ das Haus und ging zu dem Dienstwagen, in dem Joeres schon mit der Schwester wartete. Joeres startete und fuhr los. Der Vorgang war aus der gegenüberliegenden Metzgerei Wackers mit Spannung und Argusaugen beobachtet worden. Denn selbstverständlich hatte

---

[75] „Wenn's der Wahrheitsfindung dient": Dieser Spruch wurde später dem Kommunarden Fritz Teufel (1943-2010) zugeschrieben. Zu Unrecht, wie man sieht, nur hatte die Öffentlichkeit bei Schwester Agnes anders als bei Teufel keine Notiz von dem Vorgang genommen. Teufel war im November 1967 in einem Strafverfahren der Aufforderung eines Richters aufzustehen mit den genannten Worten nachgekommen, also zwei Jahre nach der entsprechenden Einlassung von Schwester Agnes.

Rosemarie Schlag, die Frau des Dorfpolizisten, die jüngsten Erkenntnisse ihres Gatten zum Verdacht gegen die Haushälterin nicht für sich behalten, sondern kaum dass ihr Mann Mattes den Hörer aufgelegt hatte, Gott und die Welt ins Bild gesetzt über die neuen Entwicklungen im Mordfall des Pfarrers. So war die Metzgersgattin bereits bestens informiert über den vermeintlichen Verdacht gegen die Schwester. Eilig lief sie in den gekachelten Produktionsraum.

„Ruddi, Ruddi“, rief sie. „Die haben die Schwester Achnes verhaftet!“

„Wat haben die?“, meinte Rudi und stellte den Cutter ab, in dem gerade die Masse für die Fleischwurst bearbeitet wurde.

„Die haben die Schwester Achnes verhaftet, jrade eben. Dann war die dat doch!“

„Un woher weedse dat?“

„Isch hab et doch selbs jesehen. Un dann hat misch och die Essers-Trien anjerufen un die hat et vun der Rosi, dem Mattes sin Frau, on däm hade die Kommissare erzählt, dat se die Achnes im Verdacht haben on se jetz verhafte wulde. Die woeren joa vorher beim Mattes im Revier“, berichtete Gertrud hastig. „Isch moss sofort dat Trien on die Mia anroafe…“

Trien und Mia waren sehr schnell informiert über die neue Entwicklung, und inzwischen glaubte die Metzgersgattin mit Bestimmtheit sagen zu können, dass man der Verdächtigen bei ihrem Abtransport sogar Handschellen angelegt hatte, auch wenn die natürlich

versucht hatte, dies vor den Blicken der Öffentlichkeit, hier vertreten durch Gertud Wackers, zu verbergen.
Die Nachricht verbreitete sich in Windeseile im Dorf. Die Mörderin war verhaftet. Immer neue Einzelheiten reicherten die Dramatik des Geschehens phantasievoll an und sorgten überdies für einen außerordentlichen Kundenansturm in der Metzgerei Wackers, denn natürlich wollte man sich die Verhaftung der Giftmischerin noch einmal in allen dramatischen Details von der einzigen Augenzeugin schildern lassen. Und natürlich hatten es alle schon immer gewusst, denn „die war schon komisch, die Schwester Achnes“, da war man sich einig. „En Besen war die“ und bei den Pfarrhaushälterinnen, da wisse man ja sowieso, die hätten es ja faustdick hinter den Ohren. Da hätte man ja schon immer seine Vermutungen gehabt.

XXVII.

Kaplan Backes hatte die Mitteilung des Kommissars völlig konsterniert zur Kenntnis genommen. Weshalb um alles in der Welt nahmen die Kripobeamten die Haushälterin mit ins Präsidium? Doch bevor er fragen konnte, waren die Kommissare ja schon mit Schwester Agnes aus der Tür. Um eine Verhaftung, soviel war klar, konnte es sich nicht handeln, denn dazu hätte es ja eines richterlichen Haftbefehls bedurft, und von einer solchen Wendung hätte man ihn als provisorischen Leiter der Kirchengemeinde sicherlich unterrichtet. Dass man Schwester Agnes nicht im Verdacht haben würde, da war er sich sicher. Wieso sollten sich erfahrene Kriminalisten derart irren? Schließlich kannte er den Täter, der sich ihm in der Beichte offenbart hatte. Unsicher wurde er, als ihn später die Inhaberin der Merlin-Apotheke, Charlotte Ossbauer, ansprach. Backes war, weil er hartnäckige Verspannungsschmerzen verspürte, rasch in die Hauptstraße zu der örtlichen Apotheke gegenüber der Post gegangen, um sich ein Schmerzmittel zu holen. Ob er denn nun erleichtert sei, dass die Mörderin endlich gefasst sei, fragte ihn die Apothekerin, auch wenn es sich dabei um die Gemeindeschwester handeln würde, was natürlich ein enormer Schock sein müsste.

Ohne auf die Frage einzugehen, antwortete Backes mit der Gegenfrage, woher sie das wüsste.

„Na hören Sie mal", sagte Frau Ossbauer überrascht,

„das ist das Gesprächsthema unter meinen Kunden. Und wie ich vernommen habe, ist die Polizei selber die Quelle. Jedenfalls wurden derartige Andeutungen gemacht. Herr Schlag wurde namentlich erwähnt."
Backes war alarmiert. Nachdenklich aber innerlich unruhig nahm er seine Tabletten in Empfang und verließ mit einem leisen „Auf Wiedersehen Frau Ossbauer" die Apotheke. Zurück im Pfarrhaus ließ er sich auf einen der Küchenstühle sinken, ließ zwei Tabletten in einem Glas Wasser zerfallen und stürzte die milchige Flüssigkeit hinunter. Er entschloss sich zu handeln.
Frau Brüggemann war fast ein wenig erschrocken, als Backes vor der Tür ihres Hauses stand. „Herr Kaplan, guten Tag" sagte sie überrascht. „Wat kann ich für Sie tun?"
„Ich müsste dringend mal mit Ihrem Sohn sprechen, Frau Brüggemann", erklärte Backes. „Ist der wohl zu Hause?"
„Der is da. Der sitzt, jlaub isch, über seinen Hausaufgaben. Die Kinder haben ja heutzutage immer so viel auf und müssen so viel für die Schule lernen", schnatterte Hedwig Brüggemann. „Ist denn irjendwat passiert?"
„Nein, nein", versicherte der Kaplan, „er muss mir nur mal helfen, den Einsatzplan für die Messdiener neu zu gestalten. Er ist ja schon länger dabei und kennt sich da besser aus als ich. Alleine komm' ich da nicht zurecht. Deswegen."

„Ja, dann hol‘ isch ihn mal“, sagte Frau Brüggemann und schon rief sie die Treppe hoch nach ihrem Sohn. Hannes war sofort bereit, den Kaplan ins Pfarrhaus zu begleiten, als dieser ihm vorschlug, sich dort zu besprechen. „Wissen Sie Frau Brüggemann, wir haben dort alle Unterlagen vorliegen, das macht es einfacher“, erklärte Backes der Mutter, die ihrem Sohn noch die Anweisung „Aber komm‘ nicht zu spät zum Abendbrot“ mit auf den Weg gab.
Den Weg von der Heidestraße über den Marktplatz und die Hauptstraße legten sie schweigend zurück.
Im Pfarrhaus nahmen sie in der kleinen Sitzecke im Gemeindebüro Platz.
Der Kaplan sah Hannes mit ernster Miene an.
„Der Grund, Hannes, warum ich zu Euch gekommen bin, ist nicht der Plan für den Messdiener-Einsatz. Der Grund ist: Die Kripo verdächtig offensichtlich Schwester Agnes, den Pfarrer vergiftet zu haben. Wir beide wissen, dass sie unschuldig ist. Im Dorf spricht man schon davon, sie sei verhaftet worden. Das kann ich mir nicht vorstellen, aber fest steht, dass man sie erst hier im Pfarrhaus vernommen hat und dann mitgenommen hat ins Präsidium nach Kappesbosch. Du weißt, dass alles, was Du mir in der Beichte anvertraut hast, zwischen uns bleibt, und daran wird sich auf keinen Fall etwas ändern. Aber ich habe Dir schon bei der Beichte empfohlen, Dich an die Polizei zu wenden. Das will ich jetzt noch einmal tun. Ich kann mir nicht vorstellen, dass es Dir recht ist, wenn man Schwester

Agnes für etwas verantwortlich macht, was sie nicht getan hat."

„Meine Mutter hat mir schon erzählt, dass die Schwester in Handschellen abgeführt worden ist, jedenfalls hat das die Frau Wackers gesehen. Und meine Mutter hat es dann beim Einkaufen im Konsum und in der Bäckerei Drehers gehört", berichtete Hannes mit Tränen in den Augen. „Ich hatte schon selber überlegt, zu Ihnen zu kommen. Aber was soll ich denn machen? Mein Vater prügelt mich doch tot, wenn er erfährt, was passiert ist."

„Ich hatte Dir ja schon bei der Beichte vorgeschlagen, der Polizei zu erzählen, was passiert ist." Der Kaplan räusperte sich. „Das möchte ich Dir, wie gesagt, jetzt auch noch einmal vorschlagen. Ich kann mir vorstellen, dass Du Dich von dieser Last auf Deinem Gewissen auch befreien möchtest."

„Ja, klar!", warf Hannes kleinlaut ein. „Und ich möchte natürlich nicht, dass jemand anderes jetzt verdächtigt wird!"

„Im Übrigen bist Du, soweit ich weiß, erst 13 Jahre alt, d.h. nicht strafmündig[76]. Also von dieser Seite kann Dir nichts passieren."

„Was heißt das?", unterbrach ihn Hannes.

„Das heißt, dass man Dich für die Tat nicht strafrechtlich belangen kann, weil man davon ausgeht, dass ein 13jähriger die vollen Konsequenzen seines Handelns

[76] §19 Strafgesetzbuch

noch nicht übersehen und abschätzen kann und deswegen auch nicht bestraft werden kann nach dem Strafgesetzbuch oder dem Jugendstrafrecht ", erklärte Backes.

„Aber mein Vater, wenn der ausrastet, das überleb' ich nicht!", stöhnte Hannes verzweifelt. „Der gerät doch ohnehin schon wegen jeder Kleinigkeit außer sich!"

Der Kaplan stand auf und blickte aus dem Fenster. „Um Deinen Vater kümmer' ich mich", sagte er. „Ich schlage vor, wir holen jemanden vom Jugendamt dazu, das wird helfen, ihn zu beruhigen. Kindesmisshandlungen sind nämlich auch keine Kleinigkeit."

„Und die nehmen mich in Schutz?" versicherte sich Hannes ängstlich.

„Manchmal muss man auch Kinder vor ihren Eltern in Schutz nehmen, das ist leider so!", sagte Backes stirnrunzelnd. „Und auf meine Hilfe kannst Du auch vertrauen! Also, wollen wir das so machen?"

Kopfnickend willigte Hannes ein.

„Dann rufe ich als jetzt zuerst die Fürsorgerin, Frau Gladiola, an und würde dann die Kommissare informieren, dass Du eine Aussage machen möchtest! Bist Du einverstanden?"

„Ja, natürlich, Herr Kaplan", bestätigte Hannes.

Backes ging zum Telefon. Zum Glück konnte er die Sozialfürsorgerin in ihrem Büro erreichen. Natürlich hatten die Gerüchte, die im Dorf herumgingen, auch den Weg zu ihr gefunden, wiewohl sie, lebenserfahren wie sie war, sich solchen „Wasserstandsmeldungen"

gegenüber stets eine gewisse Skepsis bewahrt hatte. Als Backes sie kurz ins Bild setzte und ihr sein Anliegen vortrug, war sie sofort bereit, persönlich einzugreifen. Wenig später traf sie im Pfarrhaus ein.
Der Kaplan griff zum Telefon und wählte die Nummer der Kripo in Kappesbosch. Haupt unterbrach die Befragung der Gemeindeschwester, als er hörte, dass Kaplan Backes ihn dringend in der Angelegenheit Franzen zu sprechen wünschte.
„Hier Haupt“, meldete er sich. „Guten Tag, Herr Backes. Was kann ich für Sie tun?“
„Guten Tag, Herr Kommissar“, erwiderte Backes. „Bei mir hier im Büro sind die Sozialfürsorgerin Frau Gladiola und der Messdiener Hannes Brüggemann. Hannes Brüggemann möchte in dem Fall unseres Pfarrers eine Aussage machen“, er zögerte ein wenig und sagte dann: „Oder sagen wir besser: ein Geständnis ablegen.“
Für einen Moment verschlug des Haupt die Sprache. Dann sagte er nur: „Wir kommen! Und: Danke Herr Backes!“

XXVIII.

Hannes hatte, als Claudia ihm von den Übergriffen des Pfarrers erzählt hatte, eine grimmige Wut verspürt. Dieses „geile Schwein“ hatte es gewagt, seine Freundin anzufassen. Zu begrabschen. Das stand ihm nicht zu. Das sollte er büßen. Nach außen hin unterdrückte er seine Wut, zwang sich, zu niemandem darüber zu sprechen und hielt sich mit Kommentaren zurück, als die ersten Andeutungen über die amourösen Extravaganzen des Pfarrers in Schülerkreisen die Runde machten. Aber ihm war klar, dass er dem „alten Ferkel[77]“ eine Lehre erteilen würde.
Die Gewohnheit des Pfarrers, die Reste vom Messwein für seinen abendlichen Dämmerschoppen mit nach Hause zu nehmen, war in den Kreisen der Messdiener natürlich lange bekannt, aber erst das unmittelbare Erleben dieses Vorgangs am Sonntag, nachdem er von den perversen Handlungen des Pfarrers gehört hatte, hatte ihn auf die Idee gebracht, diese Marotte für seine Pläne zu nützen. Er erinnerte sich an die Flaschen mit dem Totenkopf, die er in der Gartenhütte gesehen, sich aber eigentlich keine Gedanken über deren Verwendung gemacht hatte. Er beschloss, diese

[77] „Altes Ferkel“ zu sagen, ist natürlich Quatsch, da Ferkel definitionsgemäß junge Schweine sind. Es handelt sich bei der Bezeichnung also um eine Contradictio in adjecto (Widerspruch in sich) so wie etwa „schwarzer Schimmel“ oder „ehrlicher Politiker“.

Flaschen näher in Augenschein zu nehmen, zu prüfen, ob sie bei der Umsetzung seiner Strafmaßnahmen gegen den Pfarrer hilfreich sein könnten. Und siehe da: Sie schienen im höchsten Maße geeignet, denn sehr eindringlich wurde auf den Etiketten des Pflanzenschutzmittels und des Rattengifts vor unsachgemäßer Anwendung gewarnt. Das verhieß im Umkehrschluss ein Höchstmaß an Wirkung bei dem vorgesehenen Einsatz.

Hannes war überzeugt, dass es nicht verkehrt sein könne, die Mittel im Verhältnis 1:1 für seine Zwecke zu mischen, nicht zu viel zu nehmen, denn Hochwürden sollten ja nicht gleich schmecken, dass sein Moseltröpfchen ein klein wenig verschnitten worden war, oder um es anders auszudrücken: Ziel war, eine optimale Dosis-Wirkungsbeziehung zu erreichen. Zu diesem Zweck löste er die Körner des Rattengifts in dem flüssigen Pflanzenschutzmittel auf, um es in einem der kleinen, braunen Underbergfläschchen, von denen sein Vater stets einen gewissen Vorrat im Hause hatte, bis zu seinem vorgesehenen Einsatz aufzuheben.

An jenem Sonntag nutzte er einen Moment, in dem er sich alleine in der Sakristei aufhielt, ein wenig von der angebrochenen Flasche „Kröver Nacktarsch" auszugießen und mit seinem Gebräu den Pegelstand wieder aufzufüllen, das, wie er zu seiner Zufriedenheit feststellen konnte, zumindest vollkommen geruchslos war.

Mit einem derartigen Ergebnis seiner Strafaktion hatte

Hannes allerdings nicht im Entferntesten gerechnet. Gut, dass Hochwürden ein paar Tage auf der Toilette verbringen würde, das hatte er in Kauf genommen und das war ja auch das Ziel gewesen, aber eine lebensbeendende Wirkung seiner Maßnahme hatte er nicht einkalkuliert. Mein Gott, ein Pflanzenschutzmittel und ein bisschen Rattengift. Was für derart kleine Tiere tödlich ist, muss doch nicht gleich einen ausgewachsenen Menschen in die ewigen Jagdgründe befördern. Hannes beschloss, dass es das Beste wäre, zu schweigen und sich möglichst nicht an dem Gerede, das dem plötzlichen Ableben des Pfarrers folgte, zu beteiligen. In diesem Sinne hatte er die Befragungen der Polizei überstanden, ohne sich verdächtig zu machen, und auch die Gespräche mit Claudia oder in seinem Freundeskreis. Sein Gewissen hatte er in der Beichte gegenüber dem Kaplan erleichtert, der vergeblich versucht hatte, ihn davon zu überzeugen, dass er die Polizei informieren müsste, ihm aber, weil er ihm die Reue über die begangene Tat abnahm, die Absolution erteilt hatte.
Und dann hatte die Kripo die Gemeindeschwester „verhaftet“, wie es hieß, „in Handschellen abgeführt“. Dass die Polizei eine unbeteiligte Person der Tat verdächtigen könnte, wäre Hannes nie in den Sinn gekommen. Die bräuchten doch Beweise. Aber in seinem Gewissen rumorte es. Er konnte nicht zulassen, dass man Schwester Agnes für den Tod des Pfarrers verantwortlich machte, wäre da nicht die übergroße

Angst vor dem gewalttätigen Vater gewesen. Erst die Zusagen des Pfarrers und der Fürsorgerin, ihn vor dessen Prügel-Exzessen zu schützen, überzeugte ihn schließlich, mit seiner Aussage die Vorgänge um den Tod des Pfarrers aufzuklären.

XXIX.

EKHK Haupt konnte sich ein triumphierendes Grinsen nicht verkneifen, als er in der Büro seines Vorgesetzten zurückkehrte, in dem Kriminalrat Harnischfeger und Oberkommissar Joeres immer noch mit der Befragung der Gemeindeschwester beschäftigt waren.
„Ich denke, wir können die Befragung hier abbrechen“, sagte er. „Wir haben einen geständigen Täter!“
Harnischfeger sah überrascht auf. „Wie das“, fragte er. „Und wer war es?“
„Das möchte ich aus Gründen des Persönlichkeitsschutzes jetzt nicht sagen, aber was mir übermittelt wurde, klingt plausibel. Ich schlage vor, der Kollege Joeres und ich fahren jetzt nach Niersbrück und können bei dieser Gelegenheit auch Schwester Agnes gleich mitnehmen, wenn Sie einverstanden sind.“
Haupts Chef beeilte sich zu bestätigen, dass er selbstverständlich einverstanden sei. „Schreiben Sie mir den Namen des Täters vielleicht kurz auf einen Zettel“, schlug er vor, „damit ich informiert bin.“
Das tat Haupt. Harnischfeger warf einen Blick auf den Zettel, den Haupt ihm gereicht hatte und nickte. „Gut“, sagte er, „dann machen wir das so, wie Sie vorgeschlagen haben. Machen Sie sich auf, bevor der sich das anders überlegt!“
Haupt sah Joeres an, nickte mit dem Kopf zur Tür und sagte: „Dann woll’n wir mal“ und zu Schwester Agnes gewandt: „Wenn Sie möchten, nehmen wir Sie jetzt

gerne mit nach Niersbrück, Schwester."
Das war Schwester Agnes sehr recht, da sie ohnehin nicht begriffen hatte, warum die Befragung nun unbedingt in Kappesbosch hatte stattfinden müssen, aber wie hätte sie die hintergründigen Absichten, die der 1. Kriminalhauptkommissar damit gegenüber seinem Chef verband, auch durchschauen sollen? Dankbar nahm sie im Fonds des VW-Käfers Platz, mit dem die beiden Beamten sich auf den Weg nach Niersbrück machten.
Ihre Ankunft in der Hellenhofstraße blieb natürlich in der Metzgerei gegenüber dem Pfarrhaus, in der man sich gerade die letzten Kunden bediente und sich für den Feierabend rüstete, nicht unbemerkt.
„Jetz kiek Disch dat ens aan! Jetz brengen die die wär terök.", staunte Wackers-Gertrud, die Metzgers-Gattin. „Wat es dat den jetz?"
„Am End woer die dat jarnit!", mutmaßte Essers-Trien, die gerade noch ein paar grobe Bratwürste für ihren Franz holen wollte.
„Äwel dann häden se et doch nit verhaftet. In Handschellen aafjeführt, isch han et doch selfs jesiehn. Irjendjet moss die doch jedonn han", insistierte Gertud.
„Wo Rauch es, es och Füer", wusste Trien. „Doa hässe Rait dren on die kös dat natürlisch och jewese sin. Mer hüürt joa so manches."
„Doa sähse jet", bestätigte die Metzgersgattin. „On isch sach bloß: Stille Wasser sin tief! Darf et denn nojet sin? Jet Fleischsalat? Dä maach dä Franz doch

so jern!“
„Nä danke, dat woer et! Isch mod och loss. Dät Eäte moss joa ob de Desch sin, wenn dä Franz na Huus kütt. Wat kresse van misch?“
„Jeäv misch drei Mark, dann es et joot!“, sagte Gertrud. „On lod et üsch joot schmecke!“
„Danke und maach et joot!“ verabschiedete sich Trien. „On wenn et jet Neues jeäv, dann roof misch aan! Versproche?“
„Versproche“, bestätigte Gertrud und schloss hinter Trien die Ladentüre ab.
Die Kommissare hatten sich inzwischen zu Hannes, dem Kaplan und Frau Gladiola ins Pfarrbüro zurückgezogen.
Haupt sprach Hannes an, nachdem man sich begrüßt und sich die Kripobeamten mit der Fürsorgerin bekannt gemacht hatten. Annelise Gladiola hatte sich inzwischen beim Leiter des Sozialamtes Unterstützung für ihr Vorgehen eingeholt. Im Vertrauen auf ihre Erfahrung hatte ihr Chef ihr Handlungsfreiheit zugesichert.
„Hannes“, sagte Haupt, „vielen Dank, dass Du zu uns bzw. zu Kaplan Backes gekommen bist, um uns bei der Aufklärung der Todesumstände von Pfarrer Franzen zu helfen.“
Hannes konnte sich nicht mehr zurückhalten: „Ja“, unterbrach er Haupt, „ich war das. Ich habe ihm das Gift in den Wein geschüttet. Aber ich wollte ihm doch nur ein Lehre erteilen.“

„Ein Lehre erteilen? Warum“, ging Haupt dazwischen.
„Er hat meine Freundin begrabscht“, schluchzte Hannes, „und die Doris auch.“
„Claudia Boentges ist Deine Freundin?“, fragte Haupt überrascht.
„Ja“, sagte Hannes leise, „aber sagen Sie meinem Vater nichts davon. Dann rastet der wieder aus.“
„Um Deinen Vater kümmern sich Frau Gladiola und Kaplan Backes. Da mach Dir mal keine Gedanken!“, versuchte Haupt den Jungen zu beruhigen. „Aber wenn der Pfarrer Deine Freundin belästigt hat, was ich jetzt mal als gegeben unterstelle, dann wäre das doch eine Straftat, und die zu verfolgen, dafür wäre doch die Polizei zuständig gewesen?“
Hannes schüttelte den Kopf. „Wer hätte uns denn geglaubt? Die Claudia hat es doch ihrer Mutter erzählt. Da hieß es dann doch nur: Du lügst! Der Pfarrer tut sowas nicht! Was sollen die Leute denken, wenn ihr sowas über den Pfarrer erzählt? Bei der Doris war es doch genauso! Keiner hätte uns geglaubt! Nicht einmal die eigenen Eltern, und erst recht nicht die Polizei! Sich gegen einen Geistlichen versündigen! Überlegen Sie mal, was der Mattes oder der Herr Wiesebach uns erzählt hätte. Die einzige, die der Claudia geholfen hat, war die Frau Zahm.“
Was sollte Haupt sagen? Was der Junge sagte, war ja richtig. Dennoch hatte der natürlich kein Recht, zur Selbstjustiz gegenüber dem Pfarrer zu greifen.
„Hast Du nicht darüber nachgedacht, dass es nicht

richtig sein kann, hier selber den Richter zu spielen?", sagte er.
„Ich habe nur eine unbändige Wut gehabt", sagte Hannes. „Ich wollte, dass der seine Strafe kriegt. Der sollte ja nicht gleich sterben!"
„Und was hast Du dann gemacht? Wie bist Du auf die Idee mit dem Gift gekommen?", schaltete sich jetzt Joeres ein.
„Ach, das steht bei uns in der Gartenlaube. Und da waren so Totenköpfe auf der Verpackung. Und da hab ich gedacht, wenn ich dem davon was in den Wein tue, dann hat der schon seine Strafe."
„Und das hast Du dann auch gemacht?" hakte Joeres nach.
„Ja, ich hab diese Körner von dem Rattengift in dem Pflanzenschutzmittel aufgelöst und in eine der kleinen Schnapsflaschen gefüllt, die mein Vater immer trinkt, und das dann in der Sakristei in den Wein geschüttet", berichtete Hannes. „Und den hat er dann wohl abends getrunken."
„Und das Zeugs steht bei euch einfach so offen in der Gartenlaube?", fragte Haupt.
„Ja, das steht da immer. Mein Vater verstreut das immer, weil die Ratten immer an unseren Komposthaufen gehen!"
„Und das ist nicht verschlossen oder so etwas?"
„Nein", sagte Hannes mit Nachdruck, „das steht bei uns in der Laube."
„Hannes", sagte Haupt, „wir müssen überlegen, wie es

weitergehen soll. Du bist, wie ich weiß, noch 13 Jahre alt und damit nicht strafmündig. Das heißt, dass gegen Dich kein strafrechtliches Ermittlungsverfahren geführt werden darf. Für alles Weitere sind wir nicht zuständig. Da setzte ich darauf, dass Frau Gladiola und auch Herr Backes", er sah die beiden Angesprochenen an, „das Ihre in die Wege leiten."
Die Fürsorgerin und der Kaplan nickten.
„Wir setzten jetzt ein Protokoll Deiner Aussage auf, das Du und Frau Gladiola als Vertreterin des Jugendamtes unterschreiben. Und dann werden Frau Gladiola, mein Kollege Joeres und ich Deine Eltern informieren", fuhr Haupt fort. „Ich denke, dass Du sicherheitshalber erst einmal hier beim Kaplan bleiben solltest, aber das muss Frau Gladiola entscheiden."
„Hannes kann gerne erst einmal bei mir bleiben", warf der Kaplan ein, „bevor das Jugendamt und das Vormundschaftsgericht entschieden haben, wie es weitergehen soll."
Die Fürsorgerin signalisierte ihr Einverständnis.

XXX.

Die Kommissare und die Fürsorgerin hatten sich sofort in die Heidestraße aufgemacht, nachdem das Protokoll der Vernehmung ordnungsgemäß unterzeichnet worden war. Frau Brüggemann öffnete.

„Ach Sie sind das“, sagte sie, ohne sie ins Haus zu bitten. „Augenblick, ich hole mal schnell meinen Mann.“

Wenig später stand Lothar Brüggemann im Türrahmen.

„Wat wollen Sie denn schon widder?“, fragte er.

Haupt klärte ihn über den Sachverhalt auf. Und während Haupt ihm die Hintergründe beim Tod des Pfarrers schilderte, schoss Hannes‘ Vater die Röte ins Gesicht.

„Wenn dä na Huus kömd, dann schlaach isch den zum Krüppel“, schrie er.

Haupt blieb ruhig und sachlich. „Sehen Sie“, sagte er, „damit genau das nicht passiert und Sie Ihren Sohn nicht ‚zum Krüppel schlagen‘, hat Frau Gladiola Hannes zunächst einmal unter Kuratel des Jugendamtes gestellt…“

Bevor er weiterreden konnte, fuhr Lothar Brüggemann wütend dazwischen. „Jlauben Sie, isch lass‘ mir von der hier“, er deutete auf die Fürsorgerin, „meinen Sohn wechnehmen? Da will isch mal sehen, wat die Jerischte dazu saaren!“

„‘Die hier‘“, schritt die Fürsorgerin ein, „hat die außerfamiliäre Unterbringung ihres Sohnes vorläufig angeordnet, weil ‚die hier' Gefahr im Verzug als gegeben ansieht, was Sie durch Ihr Verhalten ja noch einmal deutlich und vor Zeugen bestätigt haben. Selbstverständlich hat das Vormundschaftsgericht das letzte Wort darüber, wie es weitergeht, aber machen Sie sich da keine Illusionen."

„Vor Zeugen bestätigt", schnaufte Brüggemann aufgebracht. „Ihr steckt doch sowieso alle unter einer Decke…"

Haupt setzte noch einmal an. „Sagen Sie Herr Brüggemann", sagte er, „Hannes hat ausgesagt, er hätte ohne Probleme an das Gift gelangen können, weil es bei Ihnen in der Gartenlaube stets offen rumsteht. Ist das richtig?"

Brüggemann wirkte konsterniert. „Wieso?", knurrte er, „is dat verboten. Dat machen doch alle so![78] "

„In Ihrem Fall müssten wir darüber nachdenken, ob dadurch nicht der Tatbestand der Beihilfe erfüllt ist", gab Haupt zu bedenken.

„Beihilfe?" Brüggemann tippte sich mit dem Zeigefinger an die Stirn. „Ihr habt se doch nit mehr all!" Und damit schlug er den Beamten die Tür vor der Nase zu.

Die Kommissare und die Fürsorgerin trennten sich.

---

[78] Gutgemeinte Warnhinweise wie „Außerhalb der Reichweite von Kindern aufbewahren" hielt man damals noch nicht für erforderlich. Es galt das Prinzip „Aus Schaden wird man klug", jedenfalls wenn nach dem Schaden noch Gelegenheit zum Klugwerden war.

Während Frau Gladiola zurück zum Pfarrhaus ging, um die Unterbringung von Hannes mit dem Kaplan abzustimmen, stiegen die Kommissare in ihren Dienstwagen.
„Sag mal, was wolltest Du denn mit dem Thema ‚Beihilfe' erreichen?" Joeres blickte zu seinem Chef auf dem Beifahrersitz hinüber. „Das scheint mir doch ziemlich abwegig, oder?"
„Klar ist das abwegig", musste Haupt gestehen. „Ich wollte dem Idioten nur mal zeigen, dass wir ihn durchaus noch ein bisschen ärgern können, wenn er sich nicht ordentlich benimmt. Aus alter jesuitischer Tradition wissen wir doch, dass manchmal schon das Vorzeigen der Folterinstrumente den Verdächtigen zur Besinnung bringt!"
„Jesuitische Tradition, das hab' ich doch schon mal von Dir gehört", lachte Joeres. „Du hättest vielleicht doch Pfarrer werden sollen. Hier ist gerade eine Stelle freigeworden!"

Ausklang

Nachdem die Umstände des Todes von Pfarrer Franzen geklärt und in Dorf und Kirchengemeinde St. Blasius ausführlich von allen Seiten beleuchtet worden waren, wandte sich das öffentliche Interesse schnell einem anderen, bevorstehenden Ereignis zu: Der Verehelichung der Industriellentochter Élise-Sophie Latête du Bois mit dem Rechtsanwalt Julius Freiherr von Ottersbach, Juniorchef der Kanzlei Ottersbach & Rödler in Düsseldorf, die namhafte Wirtschaftsunternehmen zu ihren Klienten zählte wie etwa die weltweit agierenden Maschinenbaukonzerne Zanker AG oder Beckmann & Fuchs, ein Ereignis, bei dem nun, da sich die Wellen geglättet hatten, auch seine Exzellenz Bischof Kesselschmied ihre Mitwirkung nicht versagen wollte, zumal es sich bei der Familie Latête du Bois um außerordentlich potente Kirchensteuerzahler handelte, denen man auf keine Fall zumuten wollte, dass die Ehe ihres Sprösslings in Ermangelung eines neuen Pfarrers vor einem subalternen Kaplan geschlossen werden müsste. Viele Niersbrücker, vor allem der weibliche Teil der Bevölkerung, bemühten sich an diesem memorabilen Tag, einen Blick auf das illustre Brautpaar zu erhaschen, und die glücklichen unter ihnen hatten einen Platz auf der Empore des Cafés Dourlac ergattern können, direkt am Fenster mit dem Blick auf den Weg zur Kirche. Man lobte die Anmut der Braut, die begleitet von ihrem Vater Wilhelm-August Latête du Bois elegant dem schwarzen Mercedes 220 entstieg und an seinem Arm den kurzen Weg zur Kirche schritt, den Kinder in ihren Sonntagskleidern mit Blumen bestreuten. In der Wahrnehmung der Niersbrücker war die leidige Geschichte vom Tod des Pfarrers endgültig Geschichte.

Anhang

Döppekook (regional auch Döppekooche genannt)

Für vier Personen:

800 g Kartoffeln (vorwiegend festkochend)
50 g Speck
1 Zwiebel, 1 Karotte
2 Mettwürste
2 Eier
Salz, Pfeffer, Muskatnuss, ½ Becher Crème fraîche
etwas Öl für die Backform

Zubereitung:
Ofen auf 180° Ober-, Unterhitze vorheizen.
Den Speck fein würfeln und in einer beschichteten Pfanne auslassen. Zwiebel schälen und fein würfeln und mit dem Speck anschwitzen.
Kartoffeln waschen, schälen und raspeln. Anschließend in ein Sieb geben und die überschüssige Flüssigkeit aus den Raspeln herausdrücken.
Karotte schälen und raspeln und zu den Kartoffeln geben.
Mettwürste in Scheiben schneiden und ebenfalls dazu geben. Die beiden Eier darüber schlagen, Crème fraîche hinzugeben und alles gut durchmengen.
Masse mit Salz, Pfeffer und geriebenem Muskat abschmecken. Zwiebel-Speck-Mischung unterheben und das Ganze in eine geölte Backform geben und im vorgeheizten Backofen 45 min. backen.

„Döppekook“ auf Tellern anrichten und servieren. Variieren kann man das Rezept dadurch, dass man Spitzkohl raspelt, mit etwas Salz knetet und zu dem Teig hinzugibt.

Bokertskook

Buchweizen (Bokert) enthält kein Klebereiweiß, weshalb man daraus alleine kein Brot backen kann. Für Pfannkuchenteig mischt man ihn besser zu gleichen Teilen mit Weizenmehl. So entstehen besonders knusprige, herzhafte Pfannkuchen. Allerdings sollte man den Teig länger quellen lassen, so wird er duftiger und lockerer.

Für vier Personen:

100 g Weizenmehl
150 g Buchweizenmehl
3 Eier
Salz
Pfeffer
1 guter Schuss Bier
knapp ½ l Milch
150 g durchwachsener Speck in nicht zu dünnen Scheiben

Zubereitung:
Die beiden Mehlsorten mischen, die Eier unterrühren. Salzen und pfeffern. Langsam, unter ständigem Rühren das Bier zugeben, zum Schluss die Milch einrühren. Die Konsistenz sollte die von flüssiger Sahne haben. Mindestens eine Stunde, besser zwei, ruhig sogar länger im Kühlschrank ausquellen lassen.
Dann den Speck in Streifen oder dünne Scheiben schneiden, portionsweise in der Pfanne auslassen.
Eine Schöpfkelle Teig darüber geben und langsam auf beiden Seiten zum goldenen, knusprigen Pfannkuchen braten.
Zum Warmhalten stellt man die Pfannkuchen in den Ofen.

Katis Erbsensuppe (Ärtzetsup)

Für sechs Personen:

300 g Trockenerbsen
2 Zwiebeln
2 EL Rapsöl
2 Karotten
1 Stange Porree
500 g mehligkochende Kartoffeln
1 l Fleischbrühe
6 Mettwürste
300 g geräucherten Speck

1 Bund Petersilie, einige Blättchen Minze
1 EL Majoran
1 EL mittelscharfer Senf
Salz, Pfeffer, Muskat

Zubereitung:
Trockenerbsen über Nacht in einem Liter Wasser einweichen.
Die Zwiebeln und den Speck in grobe Würfel schneiden und mit 2 EL Rapsöl anbraten bzw. glasig dünsten.
Karotten und Kartoffeln schälen, Porree gründlich putzen. Karotten und Kartoffeln würfeln, Porree in Streifen schneiden und alles zu den Zwiebeln und dem Speck in den Topf geben.
Eingeweichte Erbsen ebenfalls zugeben und mit einem Liter der selbstgemachten Fleischbrühe ablöschen und aufkochen lassen.
Wurst einige Male einstechen und in den Topf geben.
Mit Majoran, Salz, Pfeffer, Muskat, Minze und Senf würzen. Bei mittlerer Hitze für etwa zwei Stunden köcheln lassen.
Petersilie hacken.
Nach Ende der Garzeit die Wurst herausnehmen und in mundgerechte Stücke zerteilen. Das Fleisch mit dem Erbseneintopf vermengen.
Erbseneintopf heiß servieren und mit Petersilie garnieren.

Katis Gulaschsuppe

Für eine Person:

1 Dose Unox Gulaschsuppe
1 Scheibe Toastbrot (fakultativ)

Zubereitung:
Dose öffnen, Inhalt in einen Topf geben, mit ein wenig Wasser verlängern und erhitzen.
In eine Suppenschale geben, Toastbrot dazulegen und servieren.

Katis „Strammer Max“

Für eine Person:

Zutaten:
1 Scheibe Roggenbrot
Butter
Roher Schinken
2 Eier
1 Gewürzgurke
Kräuter zum Bestreuen (Petersilie, Schnittlauch oder Kresse)
Pfeffer, Salz

Zubereitung:
Brot in Butter anrösten, auf einen Teller geben, mit Schinken belegen. Eier zu Spiegeleiern braten, pfeffern, salzen auf das belegte Brot drapieren und mit Kräutern garnieren. Dazu eine Gewürzgurke.

Katis Kartoffelsalat (Ärpelschlaat)
Für vier Personen:

1kg Kartoffeln
1 Bund Radieschen
4 – 6 Gewürzgurken
1 Bund Petersilie
150 gr. Durchwachsener Speck
Für die Mayonnaise:
4 Eigelb
150 ml Sonnenblumenöl
2 TL Dijonsenf
2 Frühlingszwiebeln
2 EL Creme fraîche
2 Eiklar
Pfeffer, Salz

Zubereitung:
Kartoffeln schälen, kochen und kalt werden lassen. Dann in Würfel schneiden, in eine Schüssel geben.

Radieschen und Gewürzgurken ebenfalls in Stücke schneiden, zu dem Kartoffeln geben.
Petersilie abzupfen und hacken, in die Schüssel geben.

Für die Mayonnaise 4 Eier aufschlagen und trennen.
2 Eiklar aufheben.
150 ml Öl sowie Senf zugeben.
Pfeffern, Salzen.

Frühlingszwiebeln kleinschneiden und ebenfalls zugeben.

Mit dem Pürierstab zu einer Mayonnaise aufziehen.
Crème fraîche zugeben und nochmal durchrühren.
Mayonnaise in die Schüssel geben und unterheben.
Abschmecken.

Vor dem Servieren Speck würfeln und kross ausbraten.
Eiklar steif schlagen und in den Kartoffelsalat geben, unterheben.
Auf Tellern anrichten und mit gebratenem Speck garnieren.

Grillagetorte Dourlac

Zutaten für den Tortenboden
4 Eiweiß
100 g Haselnüsse, gehackt oder gemahlen
100 g Walnüsse, gehackt oder gemahlen
200 g Zucker

Zutaten für die Füllung:
3/4 l Sahne
3 EL Rum
200 g Blockschokolade, bitter (oder Schokolade, zartbitter 70%)

100 g gehobelte Mandeln
5 EL Zucker
Krokant (nach Belieben)
Schokostreusel (nach Belieben)

Zubereitung:
Walnüsse und Haselnüsse in einer Pfanne anrösten und anschließend abkühlen lassen.
Eiweiß sehr steif auf schlagen, dabei den Zucker nach und nach einrieseln lassen und anschließend die gerösteten Nüsse unterheben.
Den Teig in zwei Springformen mit 28 Zentimetern Durchmesser geben.
Die Böden im vorgeheizten Backofen bei 100 Grad Umluft circa zwei Stunden backen und auskühlen lassen.
Wer mag, kann die Böden noch mit geschmolzener Schokolade (z.B. Kuvertüre, zartbitter) bestreichen.
Für die Füllung die Schokolade raspeln, die Sahne cremig (nicht steif) aufschlagen.
Rum, Mandeln, Zucker, geraspelte Schokolade und Krokant unterheben.
Auf den unteren Boden gut zwei Drittel der Füllung geben, dann den zweiten Boden darauf legen und die Torte am besten anfrieren, um sie dann mit der restlichen Sahnefüllung einzustreichen.
Die Torte nach Belieben mit Sahnetupfer und je nach Geschmack mit Schokostreuseln verzieren.

In den Tiefkühler geben und etwa eine Stunde vor dem Servieren herausnehmen.
Wer auf Alkohol verzichten möchte, lässt den Rum einfach weg.
Die Füllung können Sie mit Mandelkrokant verfeinern. Hierfür Mandeln in einer Pfanne ohne Fett anrösten. Zucker zugeben und unter Rühren goldgelb karamellisieren.
Die Masse auf leicht gebuttertem Backpapier verteilen und erkalten lassen. Den Krokant in einem Gefrierbeutel grob zerkleinern. Etwas Krokant zum Garnieren beiseite stellen und den restlichen Krokant unter die Sahne heben.

Im selben Verlag:

- Mutmaßungen über Karin und Jan
- Der Unaussprechliche
- Die Allgäu-Trilogie:
    - Das geplünderte Sparbüchle
    - Dr Obschdhändler
    - Heimgang aus dem Sonnengarten

Vom selben Autor:

Im Swimming Pool hinter seinem Haus wird Franz Möller, Senatspräsident und Elferrats-Vorsitzender der Großen Karnevalsgesellschaft tot aufgefunden. Alles sieht nach einem Unfall infolge übermäßigen Alkoholgenusses aus. Aber eine Reihe von Ungereimtheiten machen Kriminalkommissar Fischer, der den Todesfall untersucht, stutzig. Mutmaßungen und Gerüchte machen in dem kleinen Ort Grönroda am Rande des Bergischen Landes die Runde. Von „Fehltritten“ des Senators ist die Rede…

Bei amazon.de

Printed in France by Amazon
Brétigny-sur-Orge, FR

18685372R00123